ZORAIDE,

OU

ANNALES D'UN VILLAGE.

TRADUIT DE L'ANGLOIS.

Combien éclôt-il de rofes que nous n'appercevons pas,
& dont le parfum s'exhale dans le vuide des airs?

TOME TROISIÈME.

À LONDRES,

Et fe trouve à PARIS,

Chez BUISSON, Libraire, rue des Poitevins;
Hôtel de Mefgrigny, No. 13.

1 7 8 7.

ZORAIDE,

OU

ANNALES D'UN VILLAGE.

ZORAÏDE

OU

ANNALES D'UN VILLAGE.

CHAPITRE XXVIII.

Paix.

EDMOND MIMS jetta précipitamment son épée pour foutenir dans fes bras la belle Indienne. Il n'eft pas poffible de fe peindre une fcène plus touchante.

On m'a trompé ! je fuis perdu ! s'écria, Lord Drew..... Trompé à tous égards....: perdu fans reffource !...... le Capitaine Mims m'avoit affuré que fon fils ne verroit jamais vos funeftes charmes. Il prévoyo't les maux qu'ils ont produits Il m'avo:t promis de vous dérober à ses yeux, & je le crois homme d'honneur.

Gardez-vous de le juger autrement, Milord, répondit Zoraïde. C'est le hasard, le pur hasard qui conduisit son fils dans ce village ; à moins que je n'attribue à la Providence divine un événement qui pouvoit entrer dans ses vues. Le Ciel m'avoit donné une ame sensib'e, un cœur reconnoissant ; peut être a-r il fait naître, dans sa bonté infinie, cette occasion unique de m'acquitter envers mon bienfaiteur, en m'unissant à son sang dans la personne de son fils.....

Zoraïde en eût peut-être trop dit, pour la situation dans laquelle se trouvoit Lord Drew, lorsqu'elle fut interrompue par le bruit que faisoient à quelque distance la pauvre Marthe & la bonne Léland. Elles arrivèrent essouflées, sur-tout la fermière, qui, ayant de la peine à suivre la légère Marthe, avoit épuisé ses forces en propor-

tion de l'agilité de la jeune fille. Lorsqu'elles furent à portée de diſtinguer les épées,
elles pouſsèrent des cris de terreur qui re-
tentirent à pluſieurs milles à la ronde : des
épées nues !..... des épées enſanglantées.....
du ſang ! ils ſont morts.....! Puis entrant
dans un terrible accès de colère, & repre-
nant de ſon mieux l'haleine qu'elle avoit
perdue..... c'eſt une abomination, un vrai
guet appens ! V'là ce qu'c'eſt qu'd'être des
Gentilshommes. Ces Meſſieurs ne ſont jamais contens qu'ils ne ſe ſoient coupé la
gorge ! vraiment les gens d'note état ſont
bien plus ſages ; ils vuident leurs querelles
à coups de poing, & puis tout eſt dit, &
perſonne de mort......

Marthe, profitant du moment où la
bonne Léland tâchoit encore de reprendre
haleine, s'approcha bien honteuſe de Zoraïde...... Hélas, ma bonne Maîtreſſe, lui
dit-elle à demi voix, comment oſerai-je
vous regarder jamais en face, après ce qui
vient de ſe paſſer ? vous, qui avez été ſi

douce, si généreuse envers moi; qui m'a-
vez tirée des occupations les plus viles
pour m'élever jusqu'à vous? Hélas! comment ai je reconnu tant de bienfaits! de
quels désastres n'ai-je pas pensé être la
cause!.... Ma bonne, répondit Zoraïde,
en l'interrompant, ne t'accuse pas de crimes que tu n'as pas commis.... Oh! ma
chère Maîtresse, j'en mourrai, je sens que
j'en mourrai; mais vous êtes si bonne;
vous me pardonnerez; vous ne voudrez
pas que j'emporte dans ma fosse mes chagrins & mes remords. Milord vous dira....
je suis sûre que *sa grace* ne me refusera
pas cette justice & cette consolation......
N'est-ce pas, Milord, vous aurez la cha-
rité de dire à ma Maîtresse, que ce que
j'ai fait, je l'ai fait dans l'innocence de
mon cœur, & seulement pour vous tenir
parole, parce que je suis fille d'honneur.
Vous lui direz que vous aviez tant fait
pour me séduire....... je dis pour ce qui
regarde ma Maîtresse, car ce qu'on a dit

dans le village, sur ce que votre grace
avoit des vues sur moi, pauvre créature,
n'étoit que belle & bonne calomnie......
Je dis donc que vous avez tant fait pour
me mettre dans vos intérêts, que vous
m'avez fait croire qu'il étoit de mon devoir (& je l'ai cru, comme nous sommes
devant Dieu) de vous avertir, quand j'ai
vu, qu'en votre absence, cet autre Monsieur alloit vous couper l'herbe sous le
pied, après avoir si long-tems fait la cour
à ma Maîtresse, & ce Monsieur n'étant
qu'un nouveau venu.....

Marthe débita tout cela avec tant de
volubilité, que, quoique les bouches de
Zoraïde & de Mistriss Léland fussent
ouvertes pour l'interrompre, elle n'en tint
compte & finit sa confession.

Mistriss Léland fut la première à profiter
de son silence. La colère étinceloit dans
ses yeux..... Ah ! ah! Perronelle, dit-elle à
la tremblante Marthe, c'est donc vous qui
nous faites de ces belles algarades ? Eh

bien, pour vous payer de vos peines, la belle Écrivaine, vous ne remettrez pas les pieds dans la maison, vous irez courir les champs, & cela sans un chiffon de plus que vous n'en aviez lorsqu'on vous tira de l'écurie, pour servir la plus belle Dame des trois Royaumes, & la plus aimable par sa bonté & son affabilité.

Eh, mon Dieu, dit Zoraïde, combien j'occasionne de peines ! Ma bonne Miftrifs Léland, ménagez cette pauvre fille....venez, Marthe, (lui tendant la main) je suis bien sûre que votre intention n'étoit pas de mal faire. Calmez-vous, j'ai déjà oublié ce que vous m'avez dit.

Vraiment v'là comme on les gâte, marmotta la fermière entre ses dents.

Vous m'enchantez, vous me confondez, Madame, dit alors Lord Drew, tant de douceur, tant de bienfaisance...... si vous êtes si prompte à pardonner des fautes qui ont la simplicité pour excuse, la frénésie de l'amour le plus vrai ne trou-

vera t-elle pas grace à vos yeux ? Je sens
toute l'énormité de mon crime ; votre conduite me la présente dans toute sa turpitu-
de ; mais si la faute est grande, mon repentir
l'égalera. Prescrivez-moi le genre d'expia-
tion qui peut vous être le plus agréable,
& qui peut me punir davantage..... M.
Mims, je vous demande pardon. Je vous
demande votre amitié, s'il est en votre
pouvoir de me l'accorder ;...... Madame,
ai-je quelque chose de plus à faire pour
vous prouver la sincérité de mon repentir ?

Oui, Milord, prouvez-moi, par les
marques extérieures d'une satisfaction vraiment sentie, que vous partagez mon bonheur ; & pour le rendre complet, je n'aurai
plus à demander au Ciel que le retour du
Capitaine Mims en bonne santé.

Dieu me benisse, dit Mistriss Léland,
levant les bras au Ciel, c'est pourtant
une belle chose que le beau parler ! c'est
tout comme ce qu'on raconte d'une

tragédie ; çà vous ferre le cœur , & puis pour rendre la chofe plus touchante, v'là notre belle Dame qui s'en va .... j'gage qu'j'allons avoir encore des évanouiffe- ments....... Marthe...... vîte , le Docteur Whithers......

Ce n'eft rien , bonne Dame , dit dou- cement Zoraïde : faites - moi l'amitié de me donner quelques gouttes........ il eft poffible que cette agitation, cet effort violent ramène...... Je fens avec pe'ne que je vous cauferai encore de l'embarras ; mais quoi qu'il arrive, ce n'eft la faute de per- fonne. Gardez-vous , Meffieurs, de vous imputer, à l'un ou à l'autre, ce qui eft évidemment l'effet de la foibleffe de la conftitution. Je vous ai empêché de vous livrer à des excès que vous ne vous fuffiez jamais pardonnés ; je vous ai reconciliés, je puis actuellement mourir en paix.

Cependant Zoraïde foutenue par la fermière & Marthe , regagnoient la ferme à pas lents. Lord Drew & le jeune Edmond, plongés dans la douleur, marchoient à chaque côté. Ne penfez point à mourir, difoit le Lord; nous favons que tout être pur qui vous reffemble, peut quitter la vie fans regret, & goûter même de la fatisfac-tion dans le fouvenir des biens qu'il a faits ; mais nous, Madame, mais nous, fi nous vous perdions, où trouverions-nous de la confolation ? Vivez, Madame, vivez pour vous, vivez refpectée, adorée ; vivez pour contempler dans ma conduite les fruits du repentir; fa durée fera égale à celle de mon exiftence.

Ah! Mylord, Mylord, dit Zoraïde, en fouriant du fourire des anges, quel dommage qu'un cœur ouvert à tant de fenfibilité, foit uni à une fi mauvaife tête! Vous êtes aimable, Mylord; lorfque la raifon dirige vos actions, vous êtes jufte, fenfible, généreux ; mais lorfque la paffion l'emporte, qu'êtes-vous ? Combien peu vous reffemblez à vous-même !——On

étoit arrivé à la porte de la ferme lorſque Zoraïde prononçoit ces dernières paroles. Elle ne propoſa pas à ces Meſſieurs
d'entrer ; ſa ſituation ne permettoit pas
qu'ils le propoſaſſent eux mêmes ; ils prirent congé. Zoraïde leur dit des choſes
obligeantes, & ils prirent chacun le chemin
de leur réſidence, ſans entrer dans aucune
eſpèce d'explication.

CHAPITRE XXIX.

Réflexions morales.

CEPENDANT le Docteur *Withers*
avoit été inftruit de tout ce qui venoit de
fe paffer ; il venoit même de lire le cartel
& la réponfe qui avoient éclairé Zoraïde
fur le projet forcené de Lord *Drew*, lorfqu'il la vit arriver. Cette fille courageufe,
fentant qu'une fecouffe fi violente produiroit néceffairement quelque révolution fâ-
cheufe dans fa fanté, mais fe trouvant un
peu mieux pour le moment, & en état de
faire le court trajet qui fépare la ferme du
village, avoit communiqué à Miftrifs
Léland le defir preffant qu'elle éprouvoit
de voir Miftrifs *Withers*, avant que fon état
ne la privât pour long-temps, peut-être,
de cette fatisfaction. La bonne Fermière
s'étoit rendue à fes raifons, & avoit voulu
l'accompagner elle-même. Elles arrivèrent
donc enfemble, prefqu'au moment où

le Docteur finiſſoit la lecture du cartel.━━
Quoi! dit-il, belle Zoraïde, c'eſt vous
qui me prévenez; j'allois prendre à l'inſtant même le chemin de la ferme....Comme
vous êtes changée! quelle imprudence d'a-
jouter cette fatigue à celle de la matinée!
Allons, embraſſez ma femme, & que je
vous reconduiſe en voiture : vous avez
beſoin de repos, & la première choſe à faire
étoit de vous mettre au lit, où je comptois
vous trouver. Je vous aſſure, Docteur, que
je ſuis maintenant aſſez bien; j'ai voulu
profiter de ce moment & m'entretenir avec
Miſtriſs *Withers* : puiſque, je ſuis con-
damnée à garder la chambre, je ſerai privée tout ce tems-là du plaiſir de la voir.

Le Docteur, lui préſentant la main, la
fit paſſer ſur le champ dans l'appartement
de ſon épouſe qui s'entretenoit avec
M. Croſby.━━Oh! ma fille! oh! ma
chère fille, s'écria Miſtriſs *Withers*, au
moment où elle l'apperçut faiſant un
vain effort pour ſe lever & l'embraſſer.
Oh! ma chère Zoraïde, quelle équippée!

Que je hais ce Lord Drew.—Ne le haïssez
pas, Madame.——« Zoraïde, dit le Docteur, l'interrompant d'un ton austère, tous
les honnêtes gens doivent le détester. Je
déteste un assassin, quelque splendide que
puisse être le titre dont il est décoré ; &
quel autre nom que celui d'assassinat peut-
on donner à la conduite d'un forcené qui
contraint l'homme, dont il n'a point reçu
d'offense, à hasarder sa vie dans un combat auquel il ne s'est peut-être jamais
exercé ; tandis que lui, brutal oppresseur,
en a fait sa principale étude ? Et ce qui
fait frémir, lorsque l'on songe à ce dé-
sordre de la société, c'est que de vingt
assassinats de cette espèce, dix-neuf sont
occasionnés par les femmes : je dirai plus,
je dirai encouragés par les femmes. Si,
lorsqu'elles ont le malheur de donner lieu
à ces funestes jalousies qui font répandre
tant de sang, elles avoient le courage de
ne pas sourire au meurtrier fortuné, les
hommes se corrigeroient d'eux-mêmes.

Quoi, Monfieur ; l'Angleterre a des femmes capables d'accueillir, de donner leurs mains à l'homme qui à trempé les fiennes dans le fang humain ! ô ma patrie ! tu as tés fléaux, tes meurtriers ; mais tu n'a pas à rougir de leur horrible union avec mon fexe.....Mais, indépendamment de l'horreur que doit naturellement inf-pirer la feule préfence d'un homme qui a maffacré de fang froid fon femblable, il eft un autre fentiment qui, me femble, devroit le repouffer. Vos Angloifes paffent pour fières ; comment celle qui s'expofe à ces avanies, fupporte-t-elle cet air impé-rieux avec lequel l'homme qui fe bat pour elle, a néceffairement l'air de lui faire la loi, de décider fon choix, de la forcer à lui donner la main comme une jufte ré-compenfe du plus affreux des attentats.

Ce que fent l'aimable Zoraïde, répon-dit le Docteur, eft différemment fenti des femmes vulgaires : la vanité mal entendue des dernières, érige pour elles en trophées, ce qui paroît à la première une infulte impardonnable ; en un mot, ma chère & excellente Zoraïde, il n'eft pas donné à toutes les femmes d'avoir des ames fémi-nines.——Brifons fur ce point, dit Zoraïde, vous me feriez rougir de mon fexe. Je vais vous dire tout uniment l'effet que produiroit actuellement fur moi Lord Drew, fi j'étois forcée à le recevoir dans mon lit : je croirois le voir conftamment employé à hériffer mon oreiller d'aiguilles, & être environnée de fpectres. Cepen-dant, permettez que je dife deux mots pour fa défenfe : je lui ai pardonné, & je follicite votre pardon en fa faveur : il eft jeune, imbu des préjugés de l'éduca-tion attachée à fon état. L'exemple, plus que la dépravité de fon cœur, l'a plongé dans des écarts juftifiés par l'ufage ; & je vous affure qu'il eft fincèrement repentant & honteux de l'excès auquel il s'eft livré.

Excellente créature, s'écria le Docteur, vous êtes née pour faire des profélytes ;

vous avez déjà défarmé mon reffenti-
ment.

Mais, ma chère enfant, dit Miftrifs
Withers, raffurez-moi du moins fur un
point effentiel : avez-vous profité de cette
affreufe fcène pour mettre enfin un terme
aux prétentions de cet extravagant ? Lord
Drew eft un homme dangereux ; s'il a reçu
de vous fon pardon, il ne manquera pas
de regarder votre douceur comme un en-
couragement de fa fauvage paffion.

Tout eft arrangé, répondit Zoraïde en
rougiffant ; Lord Drew connoît mes fentimens & n'a plus rien à efpérer, ou à
craindre.

Quelque coupable, dit M. Crofby,
que foit l'excès auquel il s'eft porté, fa
fituation me touche ; il a befoin de con-
folations ; je l'inviterai à paffer quelque
temps avec moi à l'hermitage ; je tâcherai
de détruire en lui l'effet de ces préjugés
dangereux qui ont altéré fon caractère,
aimable d'ailleurs. C'eft une chofe étrange

que l'on ne trouve aucun moyen pratica-
ble de fupprimer parmi nous cette rage
pour le duel. Les avis font partagés. L'on
prétend qu'il n'eft pas poffible de faire de
loi qui ne puiffe être éludée ; comme chez
quelques-uns de nos voifins, fous prétexte
de rencontre & de défen·e perfonnelle.
Je conçois, jufqu'à un certain point,
qu'une loi rigoureufe, qui condamneroit
le duellifte à perdre la tête fur l'échafaid,
pourroit être ou éludée ou bravée, parce
que le maudit point d'honneur fout·en-
droit l'orgueil du coupable, même fur
l'échafaud ; mais ne pourroit-on pas imaginer quelque moyen de flétrir, en dépit
du préjugé même, le tranfgreffeur d'une
loi portée contre le duel ? Les Miléfiennes
mettoient quelque vanité à fe détruire pour
la moindre contrariété qu'elles éprou-
voient ; on parvint à les guérir de cette fré-
néfie, en ordonnant que leurs corps nuds
feroient expofés aux regards de la multitude lorfqu'elles fe feroient donné la mort.

Ce que fit la modeſtie naturelle en faveur d'un ſexe, quelque genre de flétriſſure ne l'opéreroit-il pas en faveur de l'autre? Les Spartiates nous fourniſſent auſſi un moyen dont je recommanderois l'adoption, ſi j'étois appellé à la confection de quelque loi relative au duel. Ils ne prohibuient pas, au contraire, ils permettoient les objets de luxe à certaines conditions : les bijoux, les bracelets & pendants-d'oreilles ne pouvoient être portés que par des *courtiſannes de proféſſion* ; que la loi à faire porte, que le duel ne ſera permis qu'aux *ſpadaſſins* ; & que cette même loi déclare *ſpadaſſin*, incapable de tout emploi, quiconque aura propoſé par parole ou par écrit un combat ſingulier. Je ne ſais, mais il me ſemble que le nombre des ſpadaſſins ſeroit peu conſidérable.

Je penſerois, dit Zoraïde, comme M. Croſby, qu'une loi judicieuſe peut ſupprimer un abus, ou même l'habitude d'un vice. Dans l'Inde, par exemple,

nous puniffons le menfonge auffi févère-
ment que vous puniffez le parjure; auffi le
menfonge y eft-il rare. Notre parole tient
lieu de ferment, & l'infamie eft attachée
à quiconque la viole. En Angleterre, autant que j'ai pu le remarquer dans le court
féjour que j'y ai fait, & auffi peu répandue
que je le fuis, il me femble qu'on fe fait
un jeu de mille petits menfonges, appellés
plaifanreries, & que tant qu'on ne fe livre
pas à la calomnie, ce qu'on nomme fimple
médifance, affaifonnée de ces jolis petits
menfonges, eft l'aliment le plus agréable
de la converfation. Que dirai-je de cette
éducation que vous donnez à la jeuneffe
deftinée au monde, dont la plus impor-
tante partie confifte à lui enfeigner la diffimulation, la fauffeté, tout ce qui, felon
vous, caractérife le favoir même : comme
de fourire aux perfonnes que l'on hait du
fond du cœur, à careffer celles que l'on
méprife le plus ? En un mot, vos écoles
font les féminaires de l'hypocrifie.....*Bravo,*

s'écria M. Crofby, *bravo*, vous nous connoiffez, comme fi vous étiez née parmi
nous.

Je vous avouerai que j'ai beaucoup
appris dans ma traverfée, qui a duré cinq
mois, étant environnée d'Anglois de tout
état, de tous âges & des deux fexes, j'ai
eu le temps de les étudier: les ridicules,
les extravagances de tous les genres s'é-
toient donné le mot pour fe réunir fur
notre vaiffeau, & j'y ai peut-être difcuté
cent fois le fujet que nous venons d'effleu-
rer par hafard. « Voilà, dit Miftrifs *Wi-*
thers, une cruelle fatyre que vous verez
de faire du caractère anglois. Je paffe
condamnation pour la maffe de la nation,
fi vous reconnoiffez des exceptions.

Ah ciel! fi j'en reconnois, s'écria Zoraïde! ici, cher Docteur, dans cette falle,
où j'ai le bonheur de voir mes refpecta-
bles amis raffemblés, je me crois dans le
temple augufte de la vérité. Eh bien! ma
chère enfant, repliqua Miftrifs *Withers*,

je vous préviens avec satisfaction que ces petits temples sont rares partout ; mais que vous en trouverez plusieurs en Angleterre. »

On vint annoncer que la chaise étoit à la porte : Zoraïde prit tendrement congé de Miftrifs *Withers*, & de M. Crofby : le Docteur lui donna la main, & la reconduisit à la ferme.

CHAPITRE XXX.
NOTIONS SINGULIÈRES.

Histoire de M. Crosby.

À peine la belle indienne eut quitté *Place-Neard*, que M. Crosby, vraiment touché de la situation de Lord Drew, se rendit où il lui parut plus probable qu'il pourroit le trouver. Il le joignit en effet, & le trouvant extrêmement mécontent de lui-même, il n'eut pas de peine à lui persuader de venir faire avec lui une petite retraite. Lord Drew l'accompagna à l'hermitage, où il parut désirer de se fixer pour jamais. Séjour de l'innocence dit-il, en le parcourant, asyle de la paix, quels doivent être tes charmes pour un cœur dégagé des folies du monde. Le mien sera bientôt digne de toi : il savourera tes délices. Je rends grace au Ciel qui me donna des passions vives; je ne

puis rien aimer avec tiédeur: je le fens,
je ferai fou de retraite. O digne Crosby,
que vous êtes heureux !—Oui, répondit
l'hermite, car je poffède tout ce que j'ai
defiré , un tombeau où je me fuis enfé-
veli vivant.... En effet, dit Lord Drew,
en examinant quelques tab'eaux lugubres
qui n'avoient pas encore frappé fa vue,
il me paroît que vous n'êtes pas envi-
ronné ici d'objets très gais. Vous ne voyez
rien, répondit le folitaire; veu'llez bien me
fuivre : & le faifant paffer dans un cabinet voifin .... Voici d'autres tableaux,
dit-il. Ceux-ci n'ont rien d'effrayant pour
vous ; ils font mon fupplice. Dans le portrait de ce digne homme, vous pouvez
lire les vertus de fon cœur : il étoit li-
béral, humain, l'ami, le bienfaiteur de
la fociété.... à côté vous voyez fidélement tracer les traits d'une femme An-
gélique. Quoiqu'elle vous paroiffe extrêmement animée, elle étoit la douceur
même. C'eft le bonheur de contempler

l'enfant que vous voyez devant elle qu'ex-
priment ſes regards ardents. Elle avoit ſon
enfant dans l'attitude où vous le voyez
lorſqu'on la peignit ; elle l'idolâtroit....
Hé bien, Mylord, elle idolâtroit un monſtre, un ſcélérat qui déchira ſon ſein, qui
la fit mourir. Son vertueux époux lui ſur-
vecut à peine. Voulez vous connoître le
monſtre ? Vous le voyez, il oſe vous
parler, & il n'eſt pas mort de honte ou
de ſes remords. Oui, je ſuis le fils de ce
couple reſpectable.... Vous treſſaillez,
Mylord ! c'eſt donc la premiere fois que
vous vous trouvez tête-à-tête avec un
meurtrier ! Oui, Mylord, j'ai donné la
mort à ma mere; mais mon crime n'étoit
pas du reſſort de la loi. Je n'employai pour
le conſommer ni le fer, ni le feu, ni le
poiſon. C'eût été pour elle une mort douce
près de celle que je lui deſtinois. Ce ſont
mes diſſipations, mes égaremens, mes excès qui la firent deſcendre au tombeau à
la fleur de l'âge; en un mot elle mourut
de

de douleur. La loi n'en prit pas connoiſ-
ſance ; mais il eſt là (portant ſa main ſur
ſon cœur) un Tribunal plus ſévère que
tous les ſiens ; il eſt là des bourreaux plus
cruels, plus vigilants, plus infatigables
que tous ceux qu'elle employe .. vous êtes
penſif, Mylord.

Je vous avouerai, répondit Lord Drew,
que tant de ſévérité à votre propre égard
m'allarme ſur l'idée que vous devez vous
former de moi. Au nom du Ciel, homme
vénérable, dites-moi de quel œil vous
me voyez.

Je vois en vous un jeune homme en-
trainé par le torrent, avant que la refle-
xion & l'expérience ayent mûri ſa raiſon, avant qu'il ait pu ſe former une idée
juſte du véritable honneur.

Quoi, tant d'indulgence pour autrui,
tant de rigidité pour ſoi-même ! Vous
m'enchantez & me confondez à la fois.
Je ſens avec volupté que mon ame eſt
ſuſceptible d'expanſion. Tous les mots que

Tome III. B

vo.s prononcez font autant de germes
féconds ; je fens qu'i s s'y dépofent, fe
développent ; j'efpère qu'ils fructifieront.
Par grace daignez continuer un entretien
fi falutaire pour moi, s'il n'eft pas trop
pénible pour vous.

Qu'importe, Mylord, que je parle ou
que je penfe ; je ne puis ni ne defire changer le genre de mon fupplice ; il n'y a
point d'ntervalles. Je puis donc, fans
ajouter à l'horreur du fouvenir, vous dé-
voiler mon crime dans toute fon étendue.
Ces trois miniatures font les portraits de
deux fœurs & d'un frere chéris, qui ont
fui leur pays natal pour fe dérober à la
honte, dont mon inconduite les avoit cou-
verts. Comme il s'eft écoulé nombre d'années fans qu'on en ait reçu aucunes nouvelles, il n'eft que trop probable que le
changement de climat, joint à leur douleur profonde, aura mis un terme à leur
trifte exiftence ; & comme je vous le di-
fois, il n'y a qu'un moment, je refpire en-

core ; je foule aux pieds cette terre qui
ne s'entr'ouvre point en jugement contre
moi !.... Je vous ai dit que mon fupplice n'avoit point d'intervalles : j'ai eu
tort , j'en éprouve quelquefois. Savez-vous
comment ? Lorfque j'ai verfé un torrent
de larmes devant ces images vénérables ,
mon cœur me dit: prends courage, Crosby, tes larmes entrainent dans leurs flots
les traces de tes crimes. Je le penfe un
inftant; mais, l'inftant d'après, le cri de la
confcience, mille fois plus impérieux, s'é-
leve. J'entends diftinctement ces terribles
accens :non ,Crosby , non ,rien ne peut
laver tes forfaits ——

Permettez, dit Lord Drew, interrompant le folitaire; permettez-moi de vous
repréfenter que c'eft trop aggraver vos fautes que de leur donner le nom de forfaits —— —— Aggraver ! répliqua M. Crosby
avec chaleur, aggraver! non, je n'aggrave
rien. Trouvez-moi plutôt dans une langue
quelconque une expreffion plus forte ; c'eft

celle-là qui me conviendra. Oui, je fuis
couvert de forfaits ; & fi, d'après ce que je
viens de vous révéler, vous n'en croyez
pas la mefure pleine, je vais la combler.
Il me refte à vous confier une autre infamie dont je me fuis fouillé :....Prenez cette
tabatière, ouvrez le double fond , vous
voyez encore un portrait. Voilà une figure
touchante ; la modeftie, la candeur, tous
les attributs angéliques.....Mylord , cette
créature infortunée étoit fille d'un de mes
fermiers : entrant à peine dans l'adolef-
cence, auffi inconnue au monde qu'elle
le connoiffoit peu , ignorant jufqu'à la
différence de fon fexe & du nôtre, je la
vis belle comme l'aurore ; je brûlai , je
formai dans mon cœur le coupable vœu
de poféder tant de charmes. La modeftie
innée la mettant cependant en garde
contre mes premières tentatives, je fentis
la néceffité de l'inftruire fur la nature du
lien qui unit les deux fexes ; je lui donnai
pour exemple & pour amorce la félicité

dont jouiſſoient ſes père & mère ; en un
mot, je parvins, à force de proteſtations
& de ſermens, à lui perſuader que, m'u-
niſſant à elle par le plus ſaint des nœuds,
je la rendrois auſſi heureuſe que l'étoit ſa
mère, & même quelque choſe de plus,
par la raiſon que j'étois plus riche que
ſon père. Elle me crut. Je triomphai de
ſa pudeur & l'abandonnai. Elle ne me per-
ſécuta pas, j'entendis à peine ſa voix plain-
tive une ſeule fois. Elle regarda autour
d'elle, ſe vit perdue de réputation, iſolée
dans le monde : ſon malheureux attachement pour moi, ajoûtant à l'horreur de ces
conſidérations, elle prit la réſolution,
qu'elle n'exécuta qu'avec trop de fermeté,
de mettre à la fois un terme à ſes peines
& à ſon exiſtence ; & ſe frappant d'une
main ſûre, d'un ſeul coup, elle fit rejaillir
ſur moi & ſon ſang innocent & la ven-
geance divine ! Sont-ce là des forfaits,
Mylord ? Si vous cherchez encore à adoucir l'expreſſion, je n'aurai point foi à votre

repentir, je vous croirai incorrigible, je
vous confondrai dans le troupeau de ces
gens du bel air, dont vous n'avez que
trop fait votre fociété, qui auroient l'im-
pudence de rire s'ils m'entendoient traiter
de crime atroce, impardonnable, inex-
piable, un acte qui, parmi eux, paffe pour
gentilleffe.

Je vous crois un peu outré, dit Lord
Drew; cependant vous me faites concevoir ce qui étoit à mille lieues de mon
idée, que la plupart des excès que l'ufage
juftifie ou pallie dans le monde, font de
vrais attentats contre l'ordre focial &
divin. Mais à votre compte, Monfieur,
fi ce jeune Edmond, que vous protégez
vifiblement, fût tombé fous la pointe de
mon épée ; fi, en conféquence, notre
belle Indienne eût fuccombé à la foibleffe
de fa conftitution, vous m'accuferiez donc
d'un double meurtre ?

N'en doutez nullement, répondit Monfieur Crofby. En vérité, répliqua Mylord,

vous êtes plus rigide qu'Hobbes lui-même ; il n'a jamais dégradé la nature humaine au point où vous le faites.

J'en suis fâché : il reste à savoir si j'ai le talent, ou si je formerai jamais le dessein d'écrire un livre : si jamais cela arrive, je renchérirai certainement sur Hobbes. Mais vous devez être fatigué d'une conversation à laquelle vous n'êtes point formé. Tout n'est point lugubre ici, j'ai quelques instrumens ; le pouvoir de l'harmonie dissipera peut-être les impressions sombres que j'ai pu faire sur votre esprit.

M. Crosby fit passer Lord Drew dans un petit sallon destiné à la musique : Mylord s'empara du forte-piano, & le Solitaire prit un violoncelle. Voilà, dit-il, des concertos & de la musique sacrée ; vous choisirez, Mylord, j'aurai du plaisir à vous accompagner dans l'un ou l'autre genre.--- Avant de me décider, dit Lord Drew, me permettrez-vous de vous faire une question ? Vous connoissez la situation de

B iv

mon cœur ; vous fentez que je chercherois
de préférence dans ces compofitions quelque chofe qui y fût analogue ; mais je defirerois que mon choix ne fût pas directement oppofé à celui que vous feriez vous-
même. Dans le nombre des maux que
vous avez éprouvés, à l'amourette près de
la petite fermière, vous ne m'avez pas dit
fi l'amour, l'amour vrai étoit entré pour
quelque chofe. En un mot, n'avez-vous
jamais été malheureux en amour ?

Il eft peu d'époques de ma vie, répondit le Solitaire, où j'euffe pu vous donner
une réponfe plus pofitive que je fuis en
état de le faire à préfent. Je n'ai rien à
vous céler, Mylord ; je vous avouerai
donc que, depuis quelque temps, j'ai conçu
la plus forte paffion pour un objet, à la
poffeffion duquel je n'ai pas le moindre
efpoir. Vous voyez que l'infortune eft invariablement attachée à tout ce qui me
concerne ; mais celle-ci m'eft chère, en
ce qu'elle fait une efpèce de diverfion aux
autres.

Quoi ! vous aimeriez fans efpoir de pof-
féder ! Eft il poffible que tant de confor-
mité fe trouve dans nos deftins ; mais
peut-être êtes-vous moins malheureux que
moi : mon fort eft décidé fans reffource,
fans appel ; le vôtre peut-être n'eft pas
auffi abfolument déterminé.

Auffi abfolument, à la déclaration près.
La femme que j'aime en fecret eft d'un
âge convenable au mien ; elle m'honore
de fon amitié, me permet de lire dans fon
ame., de converfer avec elle comme un
frère converfe avec fa fœur ; mais quoiqu'elle ait pour moi toutes ces bontés,
quoiqu'elle foit auffi libre que je le fuis,
c'eft parce que j'ai lu dans fon cœur, que je
fuis auffi convaincu de l'impoffibilité d'ob-
ténir fa main., que fi j'en avois reçu le refus.
Auffi ne m'y fuis-je pas expofé, & je n'ai
pas encore hafardé devant elle une feule
expreffion qui pût trahir mes fentimens pour
elle.——C'eft, répondit Lord Drew, ce
que je n'entends pas auffi parfaitement que

B v

je le defirerois. Comment ! cette femme eft libre, fon cœur eft ouvert pour vous, & vous lui dérobez les fecrets du vôtre ! Je ne fais, mais je ne tiendrois pas à des apparences fi encourageantes.

Moi je vous eftime affez pour croire que vous vous conduiriez comme moi, fi vous aviez les mêmes raifons de le faire. Voici les miennes. L'objet de ma paffion en a infpiré une également vive à un homme de mérite qui a des droits antérieurs aux miens. Je n'ai donc pour alternative que le filence auquel je me fuis condamné, ou le parti peu délicat, peu décent, de troubler à jamais la paix d'un mortel eftimable, en fuppofant que je réuffirois à l'écarter. Je n'ai pas héfité, Milord.

Voilà des rafinemens connus de peu de perfonnes.

Dites peu pratiqués, Milord, car pour connus, ils le font néceffairement de quiconque n'a pas contracté un cœur durci par l'habitude du vice.

Tout ce que je puis dire, Monſieur, c'eſt que la Nature s'eſt trompée; elle devoit vous faire naître aux plaines de l'Indoſtan, & vous euſſiez été l'exemple des Bramines.

N'y étant pas né, répondit M. Crofby, puiſſent mes vœux m'y tranſporter à l'inſtant même où je les forme! peut être y pourrois-je découvrir quelque choſe ſur le ſort de mon frère & de mes ſœurs. Si j'avois le bonheur de les y retrouver, avec quelle avidité lirois-je dans leurs yeux les ſentimens qu'ils conſervent pour moi; avec quelle anxiété chercherois-je à démêler ſi leurs cœurs ſont aliénés ſans retour de leur malheureux frère! Et s'ils ne jouiſſoient pas de l'aiſance qu'ils méritent, à laquelle ils étoient accoutumés, avec quels tranſports leur rendrois-je compte de leur fortune, que j'ai adminiſtrée depuis qu'ils l'ont abandonnée, & dont j'ai accumulé les revenus à leur profit, quoique la loi m'eût mis en jouiſſance de cette propriété, ſi je l'euſſe reclamée ; le terme de leur réclamation légale étant expiré il y a plufieurs années, je continuerai d'accumuler pour leur compte, jufqu'à ce que j'aie acquis la certitude que je fuis tout ce qui refte d'une famille jadis refpectable.

Il y aufroit quantité d'autres détails à rapporter concernant ce qui fe paffa dans l'hermitage entre le Solitaire & Lord Drew ; mais le Lecteur doit être inquiet fur le compte de la belle Indienne.

CHAPITRE XXXI.

Humble Remontrance.

ZORAÏDE ne s'étoit pas trompée aux
symptômes qui lui annonçoient une maladie peut-être dangereuse. A peine le Docteur Withers l'eut-il déposée chez elle,
qu'elle éprouva des frissons ; la fièvre se
déclara le lendemain, augmenta avec vio-
lence, & le pauvre Edmond Mims tomba
dans des accès tirant sur la folie : il passoit
des heures entières sous l'ancien portique
d'*Heath*, observant, questionnant les personnes qui entroient ou sortoient, tâchant
de lire dans leurs regards, dans leur con-
tenance s'il y avoit de l'espoir ou non. La
fidèle Marthe n'étoit guères plus maîtresse
de ses sens. M. Crosby avoit été informé, par
le Docteur, de la situation dangereuse dans
laquelle se trouvoit Zoraïde ; mais il s'étoit
bien gardé d'en faire part à Lord Drew,
qui étoit à-peu-près tranquille sur son

compte, lorſque tout à-coup il ſe vit cruellement déſabuſé par les clameurs de Marthe qui, chaſſée de la chambre de ſa maîtreſſe, pour quelque imprudence qu'elle
avoit commiſe, avoit volé à l'hermitage;
& pénétrant directement juſqu'à Milord,
avoit débuté par ces mots: « Eh bien!
belle beſogne, elle eſt morte. Morte, s'é-
cria Lord Drew, Zoraïde morte!——Oh!
il eſt bien temps de lever les mains au Ciel,
vraiment ça va la faire vivre; c'eſt avant
de faire votre belle équippée qu'il falloit
penſer aux conſéquences. J'vous le répète,
vlà de la belle beſogne de votre façon. Que
v'niez-vous faire chez nous? mettre tout
un pauvre village en combuſtion. C'eſt bien
la pe'ne d'être un grand ſeigneur pour com-
mettre des actions dont rougiroit un villa-
geois. Allez, allez, je ſais bien, pour mon
compte, que le nom de Lord ne ſignifie
autre choſe, ſinon un brandon qui met le
feu par-tout où il paſſe.——Ma chère Marthe, je ne te demande qu'un mot, tu diras

enfuite tout ce qu'il te plaira. Ta maîtreffe étoit-elle réellement morte quand tu l'as quittée :—Je ne dis pas qu'elle étoit froide morte, on difoit au contraire qu'elle étoit brûlante ; mais n'peut-elle pas en mourir & n'eft-ce pas tout d'même ? N'eft-ce pas tout comme fi vous l'aviez empoifonnée, affaffinée.——Bonne Marthe, ne cherche pas à irriter mes douleurs, ne me fais pas tourner la tête.——La tête ! oh ! oui, il y a grand rifque de tourner des têtes de Lords ; ne font-elles pas toutes tournées quand elles viennent au monde? La vôtre n'étoit-elle pas tournée quand vous vouliez paffer votre vilaine épée tout au travers du cœur de ce pauvre innocent M. Mirns? Vous voudriez p'têtre me faire croire que vous étiez dans votre bon fens. Mais je fais qu'en penfer. Vraiment ceci eft bien drôle : parce qu'on vient annoncer à Milord une *cala-mité générale*, car c'eft ainfi que le Docteur Withers appelle la maladie de ma maîtreffe, Milord veut vous fermer la bouche :

non, quand vous auriez votre épée à la
main, il faut que je parle & je parlerai ; &
je n'm'embarraffe pas fi vous devenez plus
fou que vous n'êtes. Au refte, je le répète,
il n'y a pas grand rifque, les têtes des Lords
font auffi dures, je gage, que leurs cœurs ;
& malgré vos belles grimaces, vous ne
verferez pas une larme à l'enterrement de
ma maîtreffe, & vous me verrez la fuivre
au tombeau, d'un œil auffi fec que l'eft
votre ame.——Mais, Marthe, au nom de
Dieu, dis-moi qui t'envoye pour me tourmenter ainfi?——Qui m'envoye? moi même.
Où voulez-vous que je porte mes plaintes,
fi ce n'eft à ceux qui les caufent. N'eft-ce
pas vous qui par toutes fortes de manèges,
& d'allures, & d'artifices, & de promeffes,
& de flatteries, & de menfonges & de préfents, m'avez, je puis dire plus juftement
que vous, m'avez tourné la tête, car il falloit que je fuffe folle? N'eft-ce pas vous
qui m'avez fait promettre de vous écrire,
fi l'ombre d'un homme ofoit lever les yeux

fur ma maîtreffe? Et moi bête, que j'étois,
de ne pas rire à pareille proposition,
comme fi je ne devois pas favoir que,
belle comme elle eft, tous les hommes la
regarderoient : & puis de me promettre
ceci, & puis de me donner cela, & puis de
me cajoler, & puis moi de me laiffer duper
comme une fotte ; fi tant eft qu'au bout
du compte vous avez tué ma pauvre maîtreffe, vous m'avez fait perdre ma place ;
& il faut que je me taife & que je ferme la
bouche, pourquoi ? parce que vous êtes
un Mylord. Mais je vous apprendrai une
chofe, pauvre ignorante que je fuis, c'eft
que celui-là eft noble qui agit noblement ;
& qu'un Prince qui fait une vilaine chofe
eft un vilain, que je le lui dirois en face,
dût-il me faire pendre.——

En vérité, Marthe, je ne fuis point
accoutumé à être traité ainfi : tu abufes de
ma patience, de ma douleur ; épargne-
moi, tu me déchires.——Oh ! que vous
autres grandes gens êtes fenfibles lorfqu'il

s'agit de vous mêmes : il ne faut pas vous toucher du bout du petit doigt, vous tomberiez en poudre ; mais lorfqu'il s'agit d'autrui, tout ce qui n'eſt pas Lord ou Lady, n'eſt que des vermiſſeaux, que vous vous faites un jeu de confondre avec la terre : vermiſſeaux tant qu'il vous plaira, je ſais que je ne ſuis pas grand'choſe; mais dites moi pourquoi il vous a plu de me choiſir entre tant d'autres pour me ruiner, pour m'ôter mon pain, me faire perdre une place honorable & tuer ma maîtreſſe, oüi, tuer ma maîtreſſe?——Ç'en eſt trop, cruelle fille, s'écria Lord Drew, je ne puis en ſouffrir davantage.——Non, répondit Marthe : ah ! vous ne pouvez pas. Eh bien, comment ferez-vous autrement? Etes-vous maître ici? l'êtes-vous, Lord, de cet hermitage, comme vous pouvez l'être de quelques grands châteaux remplis de malheureuſes femmes que vous avez attirées dans vos piéges: Il faut que vous m'entendiez, vous dis je.——Encore une fois,

Marthe, laiffe-moi, ou je vais tè quitter.—
Ni l'un ni l'autre. Allons, Milord, effayons
qui de nous parle mieux le langage de la
vérité. Je vous dis que vous m'avez perdue. Voulez-vous me prouver le contraire?
Rendez-moi ma maîtreffe, ma place, mes
robes de foie, mes profits ; rendez-moi
tout ce que vous m'avez fait perdre, ou
du moins écoutez-moi; car, enfin, je vous
le répète & vous le répèterai fans ceffe,
vous m'avez ruinée, vous m'avez perdue.

Les yeux de Marthe s'enflammoient de
plus en plus, fa gorge fe gonfloit, elle fuf-
foquoit de colère; Dieu fait ce qu'elle eût
ajoûté à fa douce remontrance, lorfqu'heureufement pour Lord Drew, M. Crofby
parut. Elle le refpeêtoit & le craignoit; fa
préfence feule lui en impofa, & la tempête
fut calmée à l'inftant même. « Marthe,
dit-il en entrant, je fuis bien aife de vous
trouver ici; on s'étoit douté que je vous y
rencontrerois. Allons, ma fille, bon courage, votre maîtreffe eft beaucoup mieux,

il n'y a plus de danger, le Docteur en
répond. On lui a rendu compte des marques indiscrètes d'attachement que vous
lui avez données, & de la nécessité où l'on
s'étoit trouvé de vous éloigner, elle en a
été attendrie & desire de vous avoir près
d'elle : je suis sûr qu'elle adoucira le petit
chagrin que vous avez essuyé ; & vous
avez plutôt des remercîments à attendre
d'elle que des reproches ».———« Béni soit
le Ciel, s'écria Marthe en se précipitant sur
ses genoux, & qu'il bénisse le vénérable
M. Crosby : c'est la voix d'un ange qu'il
me fait entendre. Voyez ce que c'est que
d'être saint : un ange du ciel qui m'annon-
ceroit cette belle nouvelle, ne me rendroit
pas plus joyeuse. Grand merci, Monsieur,
me vlà plus légère de moitié, & je frai en
quatre sauts près de ma bonne maîtresse....
Pardonnez, Milord, dit-elle en courant,
tout doit être pardonné & oublié.———
Voilà bien la meilleure créature, dit
M. Crosby, la regardant courir en sou-

riant , qui foit fortie des mains de la
Nature ; mais, Milord, il m'a femblé, en
arrivant, que vous n'êtiez pas avec elle fur
le meilleur pied du monde.——Non , en
vérité, répondit Lord Drew, je n'effuyai
de ma vie une fcène pareille. Je la crois,
comme vous , la meilleure des créatures
vivantes ; mais elle doit être fujette à des
accès de folie : elle eft venue me relancer
ici avec une fureur dont on n'a jamais vu
d'exemple. Elle m'a dit que je l'avois ruinée, que j'avois tué fa maîtreffe ; que fais-
je ce qu'elle ne m'a pas dit ; mais , comme
elle l'a très judicieufement obfervé en nous
quittant, le jour où Zoraïde eft rappellée
à la vie, tout doit être oublié ; ne nous
entretenons que de cet heureux événement.

——« Femme délicieufe ! dit M. Crofby,
femme vraiment digne des hommages de
l'humanité ! au période le plus allarmant
de la crife qui a décidé fon fort ; devinez
qui elle a nommé ? » « Dieu fait, dit-

elle; combien je fuis réfignée; mais s'il lui
plaît de me rappeller, je defirerois de fa
bonté que ce ne fût pas une fuite immé-
diate de mon accident : je le defire, non
pour moi, mais pour Lord Drew; fon
caractère auffi violent que fa malheureufe
paffion, le porteroit peut être à des extrémités que je redoute. »—— Hélas ! Monfieur, dit Lord Drew en pouffant un pro-
fond foupir, ce n'eft pas d'aujourd'hui que
j'admire ce caractère célefte ; j'euffe été
trop heureux fi elle étoit née pour moi.

Vous employez-là, Milord, une expreffion ufitée, fans en bien apprécier la juf-
teffe. Croyez littéralement que l'homme
peut être *trop* heureux, & foyez perfuadé
que ce trop lui eft fouvent plus funefte
que l'infortune même; l'excès du bonheur
enyvre. J'ai affez vécu pour être intime-
ment convaincu, que les êtres qui ont
réellement bu jufqu'à la lie la coupe d'a-
mertume, font ceux qui ont vu profpérer
leurs defirs au point de croire leur bonheur

complet. Je ne veux pas moralifer dans un moment vraiment confacré à la réjouif-fance ; mais croyez que tout eft dans l'ordre ; que le Difpenfateur des maux & des biens en connoît mieux que nous la proportion & l'alliage néceffaire.

CHAPITRE XXXII.

Caractère nouveau.

Zoraide se sentit à peine les forces nécessaires, qu'elle obtint du docteur la permission d'aller embrasser Mistrifs Withers. On conçoit avec quelle tendresse, avec quel empreffement elle en fut accueillie ! Comme elle étoit attendue, tous ses amis s'éroient réunis pour la féliciter. Sur la fin du dîner, les regardant tous l'un après l'autre, pour leur donner à entendre que ce qu'elle alloit dire s'adreffoit à l'affemblée, elle leur notifia le defir qu'elle avoit de voir le jeune *Edmond Mims* retourner à fon Collége. « Je penfe, dit-elle, que la décence le veut ainfi, & j'efpère que vous voudrez bien le lui perfuader. Qu'il y paffe les fix mois qui doivent s'écouler d'ici aux vacances prochaines : je laifferai alors à votre prudence le foin de déterminer s'il

peut

peut convenablement les passer parmi vous.

Tout le monde paroissant approuver, Mistriss Quinbrook n'osa dire ce qu'elle pensoit de la proposition ; mais elle ne put se dispenser de faire entendre le plus clairement qu'il lui fut possible, qu'elle espéroit du moins qu'en l'absence de l'*exilé*, Lord Drew ne séjourneroit pas à *Place Neard*.

Nous n'avons, répondit Zoraïde, aucun droit d'inspection sur la conduite de Lord Drew. L'usage du monde & le bon sens lui dicteront sans doute ce qu'il doit faire. A présent qu'il ne peut plus être déçu par de fausses espérances, il ne manquera pas de prendre le seul parti que lui tracent sa situation & la mienne.

Mistriss Quinbrook n'ayant rien à répondre, eut de plus la mortification de se voir chargée par l'assemblée de la pénible commission ; elle s'en acquitta le soir même. Le pauvre *Edmond*, la face allongée, reçut

Tome III. C

le décret fatal, & partit dès le lendemain
de grand matin, fans avoir eu la confolation de faire fes adieux à Zoraïde ; elle
avoit eu la fermeté de les refufer ; mais
elle avoit permis à Miftrifs Quinbrook de
lui répéter la réponfe qu'elle lui avoit faite,
lorfque la permiffion de prendre congé lui
avoit été demandée.——Je fuis à lui,
avoit-elle dit, par choix ; je lui fuis attachée par les liens de l'affection filiale & de
la reconnoiffance. En un mot, j'aime en
lui le fils de mon bienfaiteur, qu'a-t-il à
craindre ?——Ces expreffions fidèlement
rendues à *Edmond*, au moment où il montoit en chaife, adoucirent fes regrets. Impri-
mant enfuite un baifer ardent fur le front de
Miftrifs Quinbrook : fi jamais, lui dit-il,
vous trouvez à le placer, je vous le laiffe
en dépôt : en voici un pour vous, & il
partit.

Quant à Lord Drew, Zoraïde l'avoit
jugé trop avantageufement ; il n'étoit rien
moins que difpofé à s'éloigner de *Place-*

Neard. Après avoir mûrement examiné la
situation respective des personnes & des
choses, l'espoir que l'on prétend n'aban-
donner jamais, en amour, étoit rentré
dans son cœur. « Tout considéré, se disoit-
il, Edmond est mortel, la fatale union
n'est point encore accomplie ; la mort,
une multitude d'accidens peuvent s'oppo-
ser à ce qu'elle le soit jamais : on connoît
cent exemples de mariages plus avancés
qui jamais n'ont eu lieu. Pourquoi désef-
pérer ? La persévérance a produit de plus
étranges miracles que celui qui feroit un
jour mon bonheur. Il s'étoit déjà fait tous
ces raisonnemens lorsqu'il fut informé du
départ d'Edmond. Cette circonstance ne
fit que le confirmer dans la résolution qu'il
avoit presque prise de ne point abandon-
ner la partie ; desorte qu'il est difficile de
dire ce qui auroit pu résulter de ses dispositions, & de celles où se trouvoient à son
égard Zoraïde & ses amis, sans l'interpo-
sition du hasard, peut-être de la Provi-

dence. M. Crofby l'avoit fondé fur le parti
qu'il comptoit prendre; & ayant démêlé
dans fes réponfes que fa converfion & fa
réfignation n'étoient pas auffi fincères qu'il
l'eût defiré, il alloit lui faire une févère
réprimande, lorfqu'un exprès vint lui annoncer la mort de fon oncle qui, n'ayant
point d'héritier mâle, lui laiffoit une terre
confidérable. Cette nouvelle, en toute
autre circonftance, n'eût pu qu'être agréable; mais dans le moment où elle arriva,
elle parut à Lord Drew une contrariété in-
fupportable. Ne pouvoir fe difpenfer de
s'éloigner, de fuivre des affaires qui pouvoient le retenir un fiècle, quel contre-
temps! Cependant, quelque facrifice qu'il
eût pu faire pour fon propre compte, il ne
pouvoit décemment, ou même fans violer
les règles les plus ordinaires de la fociété,
fe difpenfer de partir pour Londres, attendu que fa préfence étoit indifpenfable
pour l'arrangement des affaires de la
famille.

L'oncle qu'il venoit de perdre portoit le même nom que lui. Étudiant encore à l'Université, il avoit épousé une demoiselle bien née, mais sans fortune; prétendue faute que son frère aîné, père du jeune Lord Drew, ne lui avoit jamais pardonnée; il avoit même porté le ressentiment au point de ne vouloir jamais le voir : de sorte que Mistriss Drew, cause innocente de cette mésintelligence entre les deux frères, ne devoit pas avoir une prédilection bien marquée pour son neveu; elle s'étoit cependant toujours conduite avec lui de la manière la plus honnête : mais lorsqu'il visitoit son oncle, elle se retiroit avec ses filles sitôt que le dîner étoit fini : au reste ces visites étoient rares, par la raison de la préférence que donnoit le jeune Lord à la société du Recteur *Swinborne*, dont il a été question. Il y avoit même long-temps que Lord Drew n'avoit vu sa tante, lorsque la circonstance de son veuvage rendit leur rapprochement indispensable. Obligée de quitter son ancienne résidence dans le Wiltshire, elle venoit de s'établir récemment dans le *Devonshire*, & son château se trouvoit sur le chemin que Lord Drew devoit prendre pour se rendre à Londres. Lorsqu'il entra chez Mistriss Drew, il la trouva avec ses deux filles, qui s'étant singulièrement formées depuis qu'il ne les avoit vues, le frappèrent au premier abord. Leur âge étoit inégal, & la plus jeune ayant encore toute la candeur, toute la vivacité de l'enfance, témoigna une joie immodérée de revoir son cousin. Après les premiers compliments reçus & rendus de part & d'autre; Mistriss Drew étant sortie pour donner quelques ordres, la petite *Letitia* commença à jaser avec le *cousin*, comme si elle eût passé toute sa vie avec lui.——Ah çà, Cousin, lui dit-elle, il faut que vous sachiez une chose : c'est que papa nous a chargées, *Sophie* & moi, de vous prier en son nom de vouloir bien diriger notre entrée dans le monde.

Mais, hélas ! continuait-elle en soupirant,
nous ne vous donnerons guère d'embarras ; car, selon la tournure que prennent
les chofes, maman paroît fi déterminée à
vivre à la campagne, que peut-être ne
verrons nous plus Londres.——Ma charmante Coufine, dit Lord Drew, auriez-
vous déjà formé affez de connoiffances
dans la Capitale pour la regretter ? Non,
mais j'ai deux bonnes amies de notre voi-
finage qui doivent y aller pour la première
fois cet hiver, & mon bon papa avoit
promis que nous ferions de la partie ; mais
à-préfent il n'y faut plus penfer.

Comment n'y plus penfer ! Madame
votre mere feroit-elle moins indulgente
que ne l'étoit le bon papa ?

Oh je ne dis pas cela, elle eft fi bonne, elle eft fi tendre pour nous ; mais la
voilà veuve, la voilà en grand deuil. On
dit qu'il n'eft pas d'ufage d'aller aux en-
droits publics en grand deuil, & puis elle
aime tant la vie retirée, & puis So-

phie n'aime rien tant au monde que ces
grands arbres du parc, que le murmure
des eaux, que le chant des oiseaux, &
ces bosquets touffus où elle promène ses
rêveries du matin au soir. Pour moi, je
ne lui ressemble guère, j'aime la gaieté,
j'aime à causer, à rire, & je préfere une
belle assemblée à toutes les beautés silen-
cieuses des bois & des prairies. Je n'y
vois rien, sinon que tout est verd au prin-
temps.

Eh! mais, belle cousine, pensez-vous
qu'on ne cause, qu'on ne rie, qu'on ne
s'amuse qu'à Londres? si cela peut vous
être agréable, je vous lierai de connois-
sance avec une famille ou deux, établies
dans le *Devonshire* : je suis persuadé que
vous en serez contente, & de mon côté
je me ferai un plaisir de contribuer de
mon mieux à votre amusement.

Ah! Mylord, papa nous l'avoit dit ;
il nous avoit assurées que vous étiez bien
bon, & que vous auriez bien soin de

nous. Il eſt vrai — je vous dirai ceci à
l'oreille ; il nous diſoit en même temps
que vous étiez un agréable cavalier, un
peu diſſipé, un peu trop gai. Pour moi
je ne trouvois pas qu'il y eût du mal à
être gai ; mais Sophie eſt une toute autre
fille que moi, vous la trouverez ſérieuſe,
elle a la manie d'avoir la raiſon & le
maintien d'une femme : maman dit que
je devrois l'imiter ; mais, c'eſt comme ſi
elle diſoit que je devrois être blonde parce
que ma ſœur eſt blonde. Pour moi je ne
ſuis pas fâchée d'être brune, je le ſuis encore moins d'être gaie, vive, joueuſe ;
oh, j'aime à jouer à la folie......Mais,
mon couſin, vous me paroiſſez être aſſez
de la même humeur, & je me fais une
fête de jouer avec vous. Il n'y a pas de
mal entre parens, n'eſt-ce pas ? — Charmante petite couſine, c'eſt ſelon. Par exemple, une parente jolie comme vous, &
un parent *gai* comme papa a dit que je
le ſuis, peuvent rarement jouer, ſans que

C v

leurs jeux ne tirent à conféquence. Oh ne cherchez pas à m'effrayer. Tenez, cofin, je vous aimerai furement, mais comme mon fecond papa.

Le retour de Miftrifs Drew mit fin à cette converfation. Les difpofitions dans lefquelles on l'a vue à l'égard du Lord Drew, la rendant néceffairement très-ré-fervée & même un peu froide avec lui, elle ne le preffa pas de féjourner à *Drew-park* (c'étoit le nom de la maifon de campagne qu'elle habitoit & que fon mari lui avoit laiffée) : cependant elle parut craindre poliment que la retraite dans laquelle elle fe propofoit de vivre, la folitude & l'efpece d'obfcurité qui en feroient les fuites, n'écartaffent fa Seigneurie de *Parkhoufe.*

Peut-être, Madame, répondit Lord Drew, me priverai-je par égard du plaifir que j'aurois à cultiver votre amitié, & j'y ferai d'autant plus fenfible qu'ayant des amis dans votre voifinage, je me propose de passer avec eux, ou à portée d'eux, la majeure partie de mon temps. Je vous avoûerai même que ce sont ces liaisons qui m'ont empêché depuis quelque temps de vous demander un appartement chez vous.

Il est à observer qu'avant la mort de son mari, Mistriss Drew résidoit dans le *Wiltshire*, où elle habitoit le château qui revenoit à Lord Drew, à défaut d'enfans mâles de son côté ; qu'en conséquence elle n'étoit arrivée dans le *Devonshire* que depuis peu, & qu'elle n'y avoit aucunes connoissances. Lord Drew jugeant que cette circonstance pouvoit influer beaucoup sur la résolution qu'elle avoit prise de vivre retirée, saisit cette occasion de lui parler de ses amis, devenus ses voisins, lui proposa de la lier avec eux, lui fit séparément le portrait de chacun. » Vous » imaginerez difficilement, ajouta-t-il, que » des personnes de cet âge, de ce mérite » solide, puissent former la société que je

» préfère à tous les plaisirs du monde :
» la chose est cependant ainsi. » Je suis
charmée, répondit Miftriss Drew, de vous
trouver dans des difpofitions fi raifonnables, & ne fuis pas infenfible à la perf-
pective que vous m'ouvrez de trouver
dans le *Devonshire* des amis qui puiffent
remplacer avec le temps ceux que je viens
de perdre.

Sophie écoutoit & ne prennoit point
part à la converfation. Lord Drew ob-
fervant avec attention & même avec intérêt, reconnoiffoit en elle le portrait que
lui en avoit tracé en quatre mots la
folâtre *Letitia*; froide, réfervée, filen-
cieufe; lorfqu'on la confidéroit, on la
trouvoit réguliérement belle, intéreffante;
mais le tour férieux de fon vifage, de
fon maintien, de toute fa perfonne, obf-
curciffoit le charmant enfemble de fes
traits, dont la beauté échappoit à l'œil
vulgaire. *Letitia*, au contraire, vive, en-
jouée, toujours folâtre, fixoit l'attention
& l'admiration de tout le monde.

Comme cette visite de Lord *Drew* ne pouvoit être prolongée, il continua le jour même sa route, & mit tant de diligence dans l'expédition de ses affaires, qu'au bout de douze jours Mr *Crosby* le vit reparoître à l'hermitage. » Je viens » dit-il, cher compagnon d'infortunes, » pour remplir la promesse que j'ai faite » à d'aimables parentes, qui se font éta- » blies depuis peu dans le voisinage, de » leur procurer la société de vos dignes » amis. Je suis persuadé que M. & Mistriss » Withers les goûteront & je crois obli- » ger les deux familles en les rappro- » chant : je ne doute même pas que Zo- » raïde ne m'en sache gré, car elle trou- » vera en elles tout ce qui plaît à son es- » prit & à son cœur, l'excellence du ca- » ractere unie au vrai mérite. » Mr Crosby se chargea avec plaisir de lier la partie ; & Mistriss Drew ayant accepté l'invitation qui lui fut faite de diner à *Place-Neard*, puisque la digne Mistriss Withers ne pou-

voit être, tranfportée chez elle , elle arriva
accompagnée de fes deux filles, qu'elle
préfenta avec grace à la maîtreffe de la
maifon. » Daignez, lui dit elle , Madame,
» accueillir avec bonté ces jeunes perfon-
» nes que je vous préfente avec confian-
» ce , perfuadée qu'elles tâcheront de mé-
» riter votre bienveillance. » L'accueil fut
proportionné à la maniere dont il étoit
follicité ; tout le monde s'empreffa de
faire fête aux nouvelles voifines ; & Zoraïde conçut, dès ce premier moment,
l'affection la plus vive pour la jeune
Letitia. Comme elle le lui marquoit avec
toute la franchife qui conftituoit fon heureux caractère : « Ah Madame. lui dit
» la petite fille, je fuis bien orgueilleufe
» de vos bontés ; mais lorfque vous con-
» noîtrez ma fœur, je ne ferai plus rien
» à vos yeux, vous l'aimerez tant que
» vous ne me regarderez plus ; car, tenez,
» je me connois ; je ne fuis bonne que
» pour amufer les perfonnes qui aiment

» à rire, & l'on m'a dit que vous......
» elle n'ofa pas achever. — Hé bien, dit
» Zoraïde, on vous a peut-être dit que je
» fuis un peu férieufe ; mais croyez que
» j'aime la gaieté, & que fi ce goût ne
» m'étoit pas naturel, vous le feriéz naî-
» tre en moi. Je vous promets que je n'ai-
» merai jamais perfonne plus que vous.—»
C'eft plus que je ne demande, répondit
Letitia, parce que c'eft plus que je ne mérite. Tout ce que je defire, c'eft que vous
ne m'éloigniez pas à trop de diftance, &
que vous ne perdiez pas de vue que je ne
fuis qu'un enfant. Ce n'eft pas que je ne
puiffe prêter attention à des chofes férieufes, & que, fi l'on conte une hiftoire bien
trifte, je ne verfe des larmes quand je vois
les autres pleurer ; mais après tout, quand
on a une fi bonne maman que la mienne,
quand on a d'ailleurs tout ce qu'on peut
defirer, je ne vois pas à quoi bon fe tourmenter, foupirer, faire la moue, comme
fi l'on avoit des chagrins par-deffus la tête.

Tenez, je vais vous dire ce que je puis faire pour me rendre agréable & mériter vos bontés : je fais deffiner, & même un peu peindre d'après nature ; j'irai courir les bois & les prés, je faifirai les points de vue les plus pittorefques, les fleurs les plus variées & les plus vives en couleurs, & puis je vous menerai fur les lieux, vous m'aiderez de vos avis, & puis je peindrai ce qui vous plaira davantage : cela vous fera-t il plaifir ? »——Infiniment, ma chère enfant. Je vous regarde déjà comme l'ange aimable chargé de répandre des fleurs fur mon exiftence ; votre innocence, votre enjouement, l'excellence de votre naturel, tout en vous a des charmes pour moi.

Tandis que cette converfation fe paffoit fur la terraffe, en vue de toute l'affemblée, Sophie confervoit fa gravité ; & tout le monde, excepté Miftrifs Drew, s'étonnoit d'une différence fi marquée dans le caractère des deux fœurs. Le maintien de l'aînée étoit décent, fa phyfionomie douce ; elle écoutoit avec une attention polie, mais n'ouvroit pas la bouche, à moins qu'on ne la forçât à une réponſe par une queſtion directe ; elle ne ſourioit même pas à ces plaiſanteries innocentes qui font l'ame de la converſation. Croiroit-on qu'avec toute cette gravité, elle avoit à peine dix-huit ans complets ; *Letitia* entroit dans ſa onzième année : Miſtriſs Drew avoit perdu trois enfans mâles, nés entre les deux ſœurs.

Après le thé, Lord Drew propoſa aux Dames un tour de promenade, & les conduiſit droit à l'Hermitage. « Je vous ferois faire, leur dit-il, le tour du royaume, que je ne vous ferois rien voir d'auſſi curieux : ici l'art a embelli la nature, mais ne l'a point forcée ; ce ſont ſes beautés qu'elle vous étale ; & les travaux de l'homme, même du temps de Rome, n'ont rien produit d'égal à ce paſſage ſouterrain où je vous invite à me ſuivre. Lord Drew étant entré le premier pour raſſurer

la confiance des Dames, *Letitia* prenant
Zoraïde par la main : Allons, Madame,
lui dit-elle, laiſſons paſſer ma ſœur la première, & faiſons bande à part, afin que
perſonne ne nous ſuggère nos obſerva-
tions ; nous les ferons nous-mêmes. Zoraïde ſe laiſſa conduire en ſoûriant ; mais
lorſqu'elle eut fait quelques pas, le ſouvenir d'*Edmond* la jetta dans une agitation
dont ſa jeune compagne la tira heureuſement au moment où elle découvrit la mer.
Elle pouſſa des cris d'admiration qui la
rendirent à elle-même ; & la petite cau-
ſeuſe lui fit tant de queſtions, qu'il n'y
eut plus moyen de s'occuper d'aucun autre
objet.——On nous dit, obſerva *Letitia*,
que la Nature ne fait rien en vain. Dans
quelle vue ſuppoſez-vous qu'elle a percé
cette longue cave dans le roc ? On dit que
c'eſt M. Croſby qui l'a découverte ; pourquoi appelle-t-on ce Monſieur ; *l'Hermite* ?
Il n'en a point l'air & il eſt très-aimable.
D'après l'idée que je me ſuis formée d'un

hermite, c'est une espèce d'homme sauvage, hérissé de barbe, fuyant ses semblables & dédaignant de converser avec eux sur des sujets ordinaires. Ce Monsieur avec qui nous avons dîné n'a rien de tout cela.

Non, ma chère enfant, répondit Zoraïde, vous avez vu en lui, à la fois, le meilleur & le plus infortuné des hommes; il doit sa conservation à ce rocher que la main de la Providence sembleroit avoir percé dans cette unique vue. Il est naturel qu'il le révère, & il est simple qu'il se soit attaché à l'embellir pour en faire sa résidence.——Ah! c'est parler cela. Je conçois à présent l'utilité de ce souterrain, & je l'aime pour le bien qu'il a fait; sans cela je n'y verrois rien d'autrement remarquable, si ce n'est qu'il est plus sombre encore que le plus obscur réduit que les solitaires puissent chercher dans les bois. O! que ma sœur le verra d'un œil différent! combien elle seroit heureuse d'y promener ses rêve-

·ries comme une ame errante, de s'y affeoir quand elle feroit laffe, & d'y paffer fes jours dans toute la dignité de l'infociabilité! Je vous protefte, Madame, que l'Hermite & elle ont tant de rapports dans leurs goûts, que je leur confeillerois de vivre enfemble. Il y a là affez de trous & de cavernes pour leur donner toute l'occupation dont ils peuvent avoir befoin.

Cependant Lord Drew ayant parcouru le fouterrain, avoit invité Sophie à s'affeoir fur le bord de la mer, où Zoraïde & *Letitia* la trouvèrent dans un état de froide contemplation. On l'en tira cependant, & la converfation étant devenue générale, après s'être repofé, l'on reprit dans le même ordre le chemin de *Place-Neard*. Miftrifs Drew & fes filles, comblées des honnêtetés de M. & de Miftrifs Withers, regagnèrent le château de *Drew-park*, & Lord Drew accompagna Monfieur Crofby à l'hermitage, où il déclara qu'il vouloit fixer fa réfidence. Cette réfolution fit quelque peine à Zoraïde, qui penfoit que l'éloignement étoit plus propre à accélérer fa guérifon. Mais comme M. Crofby aimoit la fociété de Lord Drew, il fe flattoit de l'amener infenfiblement au point où il defiroit le voir, par la force du raifonnement, ce qui faifoit naître entre eux des difcuffions affez intéreffantes. J'aime à converfer avec vous, Milord, difoit M. Crofby; mais je vous aimerois mieux à cent lieues de moi; car enfin, il ne faut pas le déguifer, ce n'eft pas ma fociété que vous cherchez ici, c'eft le voi-finage de *Place-Neard*, c'eft l'occafion de voir Zoraïde que vous guêtez de mon hermitage. Croyez-moi, vous ferez beau-coup mieux de chercher de la diffipation à Londres.——Quoi! cruel ami, répondit Lord Drew, c'eft vous qui me confeillez, dans les difpofitions où je fuis, de m'ex-pofer aux féductions du monde? Comment accordez-vous de pareils avis avec la bien-faifance de votre ame, avec la rigidité de

vos principes? Ne voyez-vous pas que je
ne suis pas encore maître de moi-même,
que ma raison est troublée, mes passions
en effervescence? Où pourrai-je, si ce
n'est près de vous, recueillir mes facultés,
recouvrer le calme que j'ai perdu? Votre
sainte demeure est pour moi un asyle, non-
seulement contre les orages du monde,
mais contre moi-même. Songez à mon
âge, songez à la susceptibilité de mon
caractère; songez que si je vous perdois
de vue, mon cœur se révolteroit contre
cette raison que vos sages exhortations
rappellent insensiblement à mon secours.
Je sens que son empire est encore mal af-
fermi; voulez-vous donc détruire l'ouvrage
de votre sagesse?

Le vénérable Solitaire, combattu d'ailleurs par son penchant pour le jeune Lord,
répondoit foiblement à ces argumens spé-
cieux; les jours s'écouloient, on faisoit
des visites à *Place Neard*, mais sans causer
le moindre ombrage, & l'espérance n'avoit

pas encore quitté fes derniers retranche-
mens, lorfqu'elle reçut le coup mortel par
l'arrivée d'*Edmond Mims*, à qui Miftrifs
Quinbrook avoit fait obtenir un congé de
quinzaine. Lord Drew ne put foutenir fa
préfence, ni l'idée de la préférence, humi-
liante pour lui, qui lui feroit donnée, non-
feulement par Zoraïde, mais par tous fes
amis, ouvertement déclarés pour fon jeune
rival. Allez, fage, lui dit M. Crofby en
fouriant; actuellement que votre raifon a
recouvré fon empire fur vos fens, je ne
crains plus rien de la fougue de vos paf-
fions ni de l'indifcipline de votre jeuneffe,
& je vous livre fans inquiétude aux féductions du monde.-- Lord Drew fut piqué au
vif; mais le refpect le contint, il s'élança
dans fa chaife, & ordonna heureufement
qu'on le conduisît à *Drew-Park*; circonftance qui tranquillifa M. Crofby fur fon
compte, parce qu'il alloit tomber en
bonnes mains; & dans l'état où il étoit,
où pouvoit-il chercher des confolations,
fi ce n'étoit au fein de fa famille!

CHAPITRE XXXIII.

Événement extraordinaire.

LE départ de Lord Drew fit un fenfible plaifir à Miftrifs *Quinbrook* ; mais *Letitia* qui, de l'aveu de fa mère, s'étoit prefque établie à *Place-Neard*, en parut très-affec-tée.——« Où va t-il, dit-elle à Zoraïde ? Pourquoi nous quitte-t-il ? Tout aimable qu'il eft, il ne trouvera jamais de meilleurs amis que ceux qu'il quitte ; tout le monde l'aime dans le *Devonshire.*

Le généreux Edmond, lui-même, fut touché du parti extrême que prenoit fon malheureux rival. Marthe ne favoit que penfer ; elle avoit affez de difcernement & de fagacité pour voir que le jeune *Mims* reftoit maître du champ de bataille ; mais elle ne concevoit pas comment le titre de Lord n'avoit pas donné à celui qui le por-toit, l'avantage qui reftoit à un fimple gen-tilhomme. Eft-il poffible, fe difoit-elle :

que

que ma maîtreſſe, qui figuroit ſi bien comme Reine, préfere l'appellation de ſimple Miſtriſs au titre ſonore de très-honorable Lady Drew? Tout eſt fantaiſie dans le monde, & eſt folie que de vouloir ſe rendre raiſon de tout ce qu'on voit.

Quant à Zoraïde, elle étoit en proie à un ſingulier genre d'inquiétude: enchantée du retour d'Edmond, elle goûtoit avec tranſport la douceur de la ſociété, mais ce plaiſir n'étoit pas ſans amertume. Elle démêloit en lui une paſſion vraie; il ne lui étoit pas plus poſſible d'en douter que de celle qu'elle éprouvoit elle même; mais elle le voyoit inquiet, quelquefois ſombre, & lorſqu'elle hazardoit quelques expreſſions qui euſſent naturellement dû le mettre ſur la voie, relativement à leur union projettée, il paroiſſoit embarraſſé.

Edmond, en effet, quoiqu'aimant éperduement Zoraïde, ne pouvoit ſupporter

Tome III. D

l'idée de l'inégalité extrême qui se trouvoit entre sa fortune & la sienne; il se
rappelloit d'ailleurs les précautions que
son pere avoit prises pour l'éloigner de
Place-Neard & la dérober à ses yeux. Il
s'ouvroit ingénuement sur ces divers genres de répugnance & de crainte à Miſtriſs
Quinbrook, qui faiſoit de son mieux
pour diſſiper l'une & l'autre, & pour
l'encourager à surmonter le dernier obſtacle, le premier n'étant que l'effet d'une
délicateſſe enfantine. » Zoraïde eſt plus
riche que vous, diſoit-elle, tant mieux,
vous en ferez plus riche l'un & l'autre,
& vous ne vous convenez pas, ſi, avant
votre union, l'un croit avoir quelque choſe
qui n'appartienne pas à l'autre. Si vous
croyez Zoraïde capable de ſe prévaloir
jamais de ce foible avantage que vous
lui ſuppoſez ſur vous, gardez-vous de
l'épouſer, elle n'eſt pas digne de vous.
Mais ſi elle eſt, comme il eſt impoſſible
d'en douter, au-deſſus de ces meſquine-

ries fordides, je vous répords qu'il eft
heureux qu'une fille qu'on choifiroit pour
les qualités de fon cœur & de fon efprit, uniffe à ces biens précieux les charmes de la figure & les convenances de
la fortune. Ainfi, mon cher Edmond, ter-
minons fur ce point. Quant aux objections
que vous tirez des difpofitions de votre
père, celles-ci font férieufes & fi bien fondées, que je ne vois qu'un moyen de vain-
cre ce genre d'obftacles. Je vous préviens
qu'il n'y a aucun moyen à tenter pour le
faire revenir à nos vues ; & fi vous ne fui-
vez pas l'avis que je vais vous donner,
vous devez vous attendre à recevoir une
cenfure févère fur tout ce qui s'eft paffé, &
la défenfe la plus rigoureufe de reparoître
jamais devant Zoraïde. Faut-il, après cela,
m'expliquer plus clairement? & n'entendez-
vous pas que le feul parti à prendre eft de
mettre le Capitaine dans l'impoffibilité de
défaire ce qu'il trouvera fait?———

Edmond fe crut illuminé : tous fes fcru-

D ij

pules, toutes fes craintes s'évanouirent un inftant......Mais, « Madame, dit-il bientôt après, eft-il & peut il être honnête de propofer à une femme généreufe un acte dont elle pourroit rougir enfuite; de lui fuggérer l'idée de fuir avec un homme.....Miftrifs Quinbrook dit tout ce qu'elle put pour le raffurer, & l'amener au point de l'envoyer à l'inftant même faire la propofition à Zoraïde. Il fe rendit en effet chez la belle Indienne; mais il parut devant elle fi penfif, fi troublé, qu'elle le conjura de lui en confier la raifon. Elle ufa en cette occafion d'expreffions fi touchantes & à la fois fi preffantes, qu'il ouvrit trois fois la bouche pour propofer le mariage en Ecoffe, mais il n'en eut pas la force. Le tête à-tête fut interrompu; l'occafion de renouer la converfation ne fe préfenta pas de quelques jours; & comme celui de fon retour au Collége étoit fixé, il en reprit la route fans avoir mis à exécution le plan de fa protectrice: il monta en voiture le cœur ferré, & tourmenté des plus cruels preffentimens.

Lord Drew, attentif à tout ce qui fe paffoit, reparut à *Place Neard* comme s'il ne s'en fût éloigné que de la veille, reprit fes habitudes familières, l'u-fage de fes vifites; & quoique s'abftenant de faire à Zoraïde des honnêtetés plus marquées qu'au refte des Dames qui for-moient fa fociété, il étoit aifé de voir dans toutes fes actions que fon cœur n'é-toit point changé, & que l'efpoir ne l'a-voit point abandonné. Ces fymptômes n'échappoient point à la pénétration de Zoraïde qui s'en affligeoit fecrettement; mais une inquiétude bien plus férieufe mit le comble à fes perplexités. Miftrifs *Quin-brook* reçut du capitaine Mims des lettres qui l'informoient de fon arrivée prochai-ne.... Qu'alloit devenir le pauvre Ed-mond? Zoraïde ne perdit pas de temps en délibérations; elle fe détermina fur le champ à frapper un coup décifif. Etant

inftruite que Lord Drew avoit quitté l'hermitage le jour même, pour paffer quelques
jours à *Drew-Park* avec fes parentes, elle
fortit le lendemain de grand matin par les
portes du jardin, & fe rendit chez M.
Crosby.— Vénérable ami, lui dit-elle,
je viens vous confulter fur un point délicat, à la décifion duquel font irrévo-
cablement attachés le bonheur ou le malheur de ma vie. Vous connoiffez les principes du capitaine Mims, ils ont éclaté
dans la conduite qu'il a tenue avec fon
fils à mon fujet. Vous connoiffez les difpofitions favorables dans lefquelles il eft
parti à l'égard du Lord Drew. Vous fentez qu'à fon arrivée, lorfqu'il trouvera ce
Seigneur établi à ma porte, il ne manquera pas d'imaginer le contraire de ce
qui eft ; & prefque lié par fa parole envers lui, il croira faire pour l'avantage
de fa chere pupille, ce qu'il ne foupçon-
nera pas même être à mes yeux la plus
cruelle des perfécutions. Que dirai-je, que

ferai-je ? Quel chagrin n'éprouverai-je pas
de me voir forcée à réfifter aux intentions
de mon bienfaiteur ? Je ne lui déguiferai
certainement rien, car j'ai le menfonge
en horreur; & fi je lui confie la fituation
de mon cœur, j'aurai la douleur de le
voir s'oppofer à un choix auffi fixe que le
deftin. Cher Monfieur Crosby, comme
il n'eft point de pouvoir fur terre qui
puiffe me faire changer, au lieu de m'ex-
pofer à ces fcènes déchirantes, dont je
prévois le retour, ne vaudroit-il pas mieux
arranger les chofes de manière que , lorfque le capitaine arrivera, il ne foit plus
en fon pouvoir de lutter contre les décrets
du ciel ? J'aurai la femaine prochaine vingt-
un ans. Edmond a atteint fa vingt-troi-
fieme année. Vous êtes un miniftre des
autels, & vous pouvez nous procurer
une de ces licences qui permettent que la
cérémonie du mariage fe faffe même dans
une chambre privée.

Il paroît que l'inégalité de nos fortunes

élève entre nous un obstacle fondé sur
une délicatesse excessive ; mais je suis per-
suadée que s'il étoit possible de changer
l'état des choses, si la supériorité de
fortune étoit du côté d'Edmond, il ne
cesseroit de solliciter le don de ma main ;
elle sera donc à lui cette main. Il peut
se rendre secrettement à l'hermitage, retourner de même à son collège, & y
attendre le moment convenable, où nous
pourrons révéler la démarche que nous
aurons faite sous vos auspices.

» Il n'est rien, répondit M. Crosby,
que je ne sois disposé à faire pour vous
obliger ; mais je dois vous observer que,
dans une affaire aussi délicate, je desirerois ne rien faire au-delà de ce qui appartient à mon ministère ; je ne vois donc
pas comment on pourroit amener les choses au point desiré.—— » Je prendrai tout
sur moi, répliqua Zoraïde avec chaleur.
Votre saint ministère est tout ce que je
demande : j'écrirai à Edmond ; je lui

exposerai la situation dans laquelle nous nous trouvons lui & moi, la nécessité indispensable de prévenir un événement, qui, considéré par moi comme le comble de l'infortune, ne peut lui être indifférent; je m'exprimerai de manière que s'il arrivoit que l'on recherchât notre conduite, & la nature des moyens que nous aurons employés pour arriver à nos fins, vous ne pourrez être compromis; je vous le proteste avec d'autant plus d'assurance, que je pourrai affirmer, sans blesser la vérité, que je n'ai pas même demandé votre avis. Vous voyez effectivement que je ne le demande pas, que ma priere se borne à l'emploi de votre ministère; qu'Edmond même n'entre pour rien dans ce qui pourroit être jugé repréhensible; qu'en un mot, si ce que je regarde comme un acte de Justice, également prescrit par la reconnoissance & le penchant, pouvoit être regardé comme une faute, elle est entiérement la mienne. En vérité,

D v

Monſieur, il ſeroit cruel d'interprêter ainſi
ma conduite ; j'ai tant ſouffert, j'ai été
en proie à tant de maux, à tant de chagrins compliqués, qu'il doit paroître naturel que j'attache quelque prix au ſeul
bien qui puiſſe rendre le calme à mon
ame. Edmond n'a d'objections à me faire
que celles qu'il eſt de mon devoir d'ap-
planir ; s'il m'oppoſe les intentions de ſon
pere, j'ai à lui répondre que c'eſt à la
reconnoiſſance qui m'attache à ſon pere,
qu'il doit les premiers ſentiments qui
m'attachent à lui ; que la généroſité, l'honneur, tout veut que je combatte des pré-
ventions mal fondées ; que je réſiſte au père,
que je réſiſte au fils ; que je détruiſe enfin des
obſtacles qui n'ont d'exiſtence que dans
leurs notions forcées de la prudence & de
l'honneur. Si je ne tranchois pas dès ce
moment même, les difficultés qui naiſſent de la ſuppoſition ſeule de ma ri-
cheſſe ; que feroit-ce quand on en vien-
droit à l'ouverture de mes coffres ? Hé

las! j'éprouverois le fort de Midas, je
maudirois les tréfors qu'ils renferment.
Au refte, fuffé-je la fille du grand Mogol
même, & tous les tréfors de l'Inde fuf-
fent-ils accumulés pour former ma dot ;
Edmond Mims les partageroit avec moi,
ou bien j'y renoncerois pour proportionner
ma fortune à la fienne. ——» Fille éton-
nante! dit M. Crosby, c'eft peu de vous
aimer, il faut vous admirer. Puifque vous
avez la délicateffe de ne me point demander de confeils, je me bornerai à
vous dire que je fouhaite ardemment
que le plan que vous avez le courage de former, réuffiffe : mon minif-
tère eft à vos ordres; mais feriez-vous
furprife, fi ce dernier trait de votre caractère, redoubloit en moi la curiofité
de vous connoître davantage, au point de
vous demander, tandis que nous fommes
feuls, fi vous êtes née de mortels ordinaires ? Si vous daignez me confier le fecret de votre naiffance, vous pouvez être

D vj.

affurée que le ciel feul fera en tiers. ————
Rien de merveilleux, rien d'extraordinaire, Monfieur, je vous le protefte;
mon fecret ne confifte que dans la nature
de mes infortunes; je n'ai aucune répugnance à vous le révéler perfonnellement;
mais je vous avouerai que je ne me fens pas
la force d'entrer deux fois en ma vie dans les
détails de ma déplorable hiftoire, &
comme je les ai promis au capitaine
Mims, ayez la complaifance d'attendre le
moment où je pourrai m'acquitter de
ma promeffe; je le ferai en votre préfence. »

Cet entretien fini, Zoraïde après avoir
pris quelques rafraîchiffemens, regagna *Place-Neard*, & écrivit fur le champ la lettre
fuivante à *Edmond Mims.*

» Puifque le ciel, cher Edmond, a jugé
convenable de nous unir par les liens de
l'amitié & de l'affection; puifque les obli-
gations que j'ai à votre pere, lui don-
nent les droits les plus facrés à la difpo-

fition de ma fortune qu'il a fauvée, &
m'impofent le devoir de dévouer à fon
fervice ma vie, mes richeffes & ma perfonne; ces confidérations ont exalté mon
courage au point où il faut que je me
trouve, pour lui faire ce triple hommage
dans la perfonne de fon fils.

« Les notions qu'il s'eft formées de l'honneur, le détermineroient infailliblement
à s'oppofer à notre bonheur en s'oppo-
fant à notre union; elles l'égareroient
au point de lui faire penfer qu'un
homme revêtu d'un titre eft préférable
pour moi à vous qui n'en avez point.
Mais, fans parler ici d'autres confidérations qui doivent vous être connues, je
me fens une répugnance invincible pour la
grandeur, & le mot qui l'exprime me paroît
être fynonyme des mots *danger* & *deftruction.*

» Votre pere eft attendu fous peu de jours.
Il ne fera pas difficile de le réconcilier avec ce qui fe fera paffé en fon abfence; mais fi les chofes reftoient dans

leur état actuel ; si à son arrivée, il vous
défendoit, du ton de l'autorité paternelle, de me joindre jamais à l'autel ;
nous devrions obéir sans réserve. Après
avoir mûrement considéré ce que je vous
expose, jai déjà pris sur moi de confier
à M. Crosby le plan que j'ai formé ; je
l'ai prié d'ôter à l'orgueil humain, à la
folie humaine le pouvoir de nous séparer ;
obtenez-donc de vos supérieurs un congé
de quelques jours, & rendez-vous le plus
secrètement possible à l'hermitage ; je vous
y joindrai au moment où vous me don-
nerez avis de votre arrivée. Aussi-tôt que
le digne homme aura fini la cérémonie,
vous reprendrez la route de votre collège,
& vous attendrez l'occasion favorable de
révéler notre secret : alors la mort seule
pourra nous séparer. »

Je suis &c. &c.

ZORAÏDE.

La lettre écrite, il ne reſtoit plus qu'à ſavoir comment on la feroit parvenir ſurement : la choſe étoit embarraſſante & délicate ; l'idée d'employer Marthe ſe préſentoit naturellement la premiere ; mais la pauvre fille avoit une ſi mauvaiſe tête, étoit ſi ſujette à jaſer, avoit déjà commis de ſi graves imprudences ! Il n'étoit pas poſſible de penſer à Miſtriſs Quinbrook ; le moyen de propoſer à l'amie intime du capitaine Mims, de prêter ſon appui à une démarche qui ne pouvoit lui paroître qu'une rébellion ouverte contre l'autorité paternelle. Zoraïde ignoroit que cette même Miſtriſs Quinbrook en avoit ſuggéré la premiere idée à Edmond. Après avoir jetté les yeux ſur tout ce qui l'environnoit, elle finit par les fixer ſur Miſtriſs Leland ; mais elle ſentit en même temps la néceſſité de ne s'ouvrir à elle qu'au moment de l'exécution, & de fortifier ſa diſcrétion par la promeſſe d'une grande récompenſe. La fermière ſe chargea de la commiſſion ; & l'on peut croire qu'Edmond, inconſolable de n'a-voir pas ſuivi dans le temps le conſeil de Miſtriſs Quinbrook, l'accueillit avec tranſport. Le congé demandé & obtenu, il ſe rendit à l'hermitage, Zoraïde l'y ſui-vit de près : jamais cérémonie ne fut faite plus ſecrètement ; & fidèle aux con-ditions du traité, Edmond reprit ſur le champ la route de ſon collège. Miſtriſs Leland, temoin de tout ce qui venoit de ſe paſſer, s'empara de la fiancée, qu'elle conduiſit en triomphe à la ferme.

Le ſecret fut inviolablement gardé ; & près de trois mois s'étoient écoulés ſans que Miſtriſs Quinbrook elle-même ſe doutât de la moindre choſe, lorſque le capitaine Mims arriva.

Il trouva Zoraïde changée à ſon avantage, & d'une ſérénité d'eſprit qu'il n'avoit pas eſpéré voir en elle. Après les premiers complimens, il témoigna qu'il ſe trouvoit déçu dans l'eſpoir qu'il

avoit conçu de voir son état changé. Je
m'étois flatté, dit-il, que Miſtriſs Quinbrook en mon abſence, auroit ſecondé
mes vœux avec plus de ſuccès. Je lui avois
laiſſé mon conſentement en forme, & je
ne puis que regretter qu'elle n'en ait pas
fait uſage ; c'eſt une précaution que j'a-
vois priſe, afin que l'attention polie que
vous euſſiez eue de me le demander, ne
retardât pas une union - que je déſirois.
Je ne ſuis point flatteur de mon naturel ;
mais ma belle pupille, je puis vous aſ-
ſurer que Lord Drew eſt un des dignes
gnes mortels qu'il ſoit poſſible de déſirer
pour époux.

. — » Je ſais, répondit Zoraïde, rendre toute la juſtice due au mérite de Lord
Drew ; mais ſi mon jugement me le fait
apprécier, mon cœur n'en eſt point touché : ainſi, Monſieur, j'attends de votre
indulgence, que vous ne me preſſerez
point ſur une union qui ne peut abſo-
lument me convenir ». A Dieu ne plaiſe,

répondit le capitaine, & la conversation
changea d'objet. La seconde visite étant
destinée à M. Crosby, il se rendit à l'hermitage. Quel fut son étonnement d'y trouver Lord Drew avec l'extérieur d'un Ana-
chorette! Quelle métamorphose, s'écria-
t-il! Lord Drew soupira, le capitaine entendit l'expression de son cœur; mais d'a.
près la réponse tranchante qu'il venoit de
recevoir de sa pupille, il ne put décemment renouveller ses promesses de service. Ils sortirent ensemble pour aller voir
Mistrifs Quinbrook, où Lord Drew proposa au capitaine de l'accompagner à
Drew-Park, où il auroit le plaisir de le
présenter à Mistrifs Drew & à ses cousines. La partie ayant été acceptée, ils mon-
terent à cheval.

. La petite *Letitia* ayant reconnu le cousin d'une extrémité de l'avenue à l'autre,
courut vers lui les bras ouverts.———» Ah
Mylord, s'écria-t-elle, vous voilà donc
enfin! retrouverons-nous en vous ce même

Lord Drew qui charmoit notre solitude ?
Comme vous nous avez abandonnées, il
faut que vous vous soyez bien ennuyé
avec nous ? Cousin, promettez que vous
resterez avec nous, que vous n'irez plus
courir le monde pour le plaisir d'affliger
vos parentes & vos bonnes amies.━━━━
Lord Drew répondoit à cet aimable accueil par des caresses & des assurances de
jouir désormais, avec moins d'interrup-
tion, des bontés de ses cousines : on arriva en causant au château.

Le Capitaine avoit reçu sa portion des
choses agréables que disoit l'aimable ado-
lescente, & l'avoit singulièrement goutée.
Lorsqu'il fut présenté à la mère & à la sœur
aînée, il fit les complimens les plus flatteurs
à Lord Drew sur le bonheur qu'il avoit
d'appartenir à une famille si aimable.......
« Cette Sophie, dit-il, paroît être pleine de
mérite ; c'est précisément l'épouse que je
desirerois pour mon fils.....A combien,
Milord, pensez-vous que pourroit être

portée fa dot?......Elle eft charmante ; en
vérité je la crois mieux que Zoraïde
même. »————Vous m'étonnez, répondit
Lord Drew ; je vous affure que je n'ai
jamais fait attention à fa figure. Je me rappelle que , lorfque je n'étois encore qu'un
écolier, j'entendois dire qu'elle feroit belle ;
mais voilà la première fois que je l'entends
répéter depuis que , livré à une vie diffipée,
j'ai plutôt évité que recherché ma tante &
fes filles. Il y a quelque chofe de plus :
depuis que j'ai renoué avec elles & que je
vis au château fur le pied le plus familier,
j'ai trouvé la petite *Letitia* gentille ; mais
la gravité de *Sophie* m'ayant défavorable-
ment prévenu pour elle, je me fuis borné
à la fimple civilité ; & je l'ai fi peu regar-
dée, que je ne vous dirois pas fi elle eft
brune ou blonde.————Mylord , je vous
affure que vous n'avez pas une plus belle
brune dans le royaume ; & fi vous voulez
bien me feconder, j'efpère en faire ma
bru.————De tout mon cœur, répondit Lord

Drew, & le même jour ils se séparèrent ;
Lord Drew resta à *Drew-Park*, & le Capitaine se rendit chez Mistriss Quimbrook.

CHAPITRE XXXIV.

Parti violent.

PENDANT le court trajet que le Capitaine Mims avoit à faire, il s'occupoit avec complaisance du projet qu'il venoit de former, de lier *Edmond* avec *Sophie*.— Il est, se disoit-il, dans l'âge où les passions commencent de parler; & si je ne prends pas les avances pour diriger son choix, il ne me consultera pas quand son cœur lui en indiquera un: il faut que je le retire du collége, & que je l'introduise à *Drew-Park*. C'est dans ces dispositions qu'il arriva chez Mistriss Quinbrook à qui il fit part de son idée; son amie l'écouta attentivement. D'abord allarmée pour son favori Edmond, le Capitaine eût pu remarquer qu'elle changeoit de visage s'il eût été moins préoccupé; mais tel est l'esprit délié de la femme même la plus honnête, que tout en écoutant, elle calculoit le parti

qu'il feroit poffible de tirer de cette circonftance.——Je ne pourrai pas, fe difoit-
elle tout bas, rapprocher Edmond de
Sophie, fans le rapprocher en même-
temps de Zoraïde; il s'écoule peu de jours
qu'elles ne paffent enfemble chez l'une ou
chez l'autre.——Ce que de tendres rapports
ont commencé, paroîtra être l'effet du
hazard; ils s'aiment depuis qu'ils fe font
vus, mais paroîtront ne s'aimer que du
moment où le Capitaine les aura mis à
portée de fe voir. Voilà donc un voile jeté
fur le paffé, & un embarquement pour
l'avenir dont il fera difficile au Capitaine
de fe tirer. » Miftrifs Quinbrook ayant
arrangé ainfi les chofes dans fa tête, féli-
cita fon ami fur fon choix, lui protefta
qu'elle l'approuvoit de toute fon ame,
qu'elle ne voyoit point d'union plus for-
table pour fon fils. Mais quelle fut fa furprife, lorfque le Capitaine lui difant qu'il
étoit charmé de la trouver de fon avis,
finit par la prier de faire un petit voyage à

Bath avec Zoraïde, pendant qu'il ména-
geroit l'entrevue entre Edmond & Sophie;
ajoûtant qu'il avoit des preffentimens in-
vincibles, & qu'on ne pourroit lui ôter
de l'efprit que fi Zoraïde & Edmond fe
voyoient avant que l'un ou l'autre ne fût
marié, très-certainement ils fe prendroient
d'amour l'un pour l'autre.

Eh mais, mon cher Mims, dit Miftrifs
Quinbrook, fi vous avez de pareils preffentimens, fi vous penfez effectivement
qu'il exifte entre Zoraïde & Edmond des
rapports fi frappans, qu'ils ne pourroient
fe voir fans s'aimer; comment ofez-vous
prendre fur vous de leur préparer l'éternel
regret de s'être connus trop tard? Comment répondrez-vous de cette inhumanité
au ciel, à vous-même?

Voilà, répondit le Capitaine, de ces
traits de fentiment qui n'appartiennent
qu'aux femmes. Votre raifonnement, Madame, eft plus que fpécieux, il va droit
au cœur: je l'éprouve; mais permettez-
moi

moi de vous représenter qu'il est plus d'une
espèce de sentimens délicats qui , touchant
chacun dans son genre , peuvent se combattre au point de laisser à la raison seule
la décision de leurs appels respectifs. Par
exemple , dans le cas actuel, vous remuez
mon ame, vous me représentez les suites
possibles d'une liaison formée entre deux
êtres qui se seroient connus trop tard. Au
théâtre, Madame, dans un roman, ces
sortes de situations peuvent faire un grand
effet; mais comme membres de la société,
c'est sur le grand théâtre du monde que
nous jouons nos rôles. Là , on n'entre
guères dans ces petites considérations qui
font la base de votre objection ; mais on
juge avec sévérité tout ce qui ressort du
tribunal de l'honneur. Voulez-vous que
votre ami y soit cité comme un homme
qui auroit abusé de la jeunesse , de l'inexpérience , de la reconnoissance d'une jeune
fille dont il auroit sauvé la vie & la fortune pour en faire présent à son fils ? Seriez-

vous flattée, m'honorant de votre eſtime, d'entendre tenir le propos ſuivant dans un cercle dont vous feriez partie?——« Mims eſt un honnête homme, un bon marin, il jouit de l'eſtime de ſon Corps; il a été heureux dans ſes voyages, il entend parfaitement bien les affaires; il vient entre autres de faire un bon coup; il a ramené ſur ſon bord une jeune Indienne que l'on dit riche comme un Nabab; il s'eſt conſtitué ſon tuteur, a pris le coffre-fort ſous ſa ſauve-garde; & a ſi bien amadoué ſa pupille, qu'il a fini par lui perſuader qu'il n'y avoit pas de meilleur parti que ſon fils.....Mims eſt un fin matois, très-honnête homme d'ailleurs ».

Vous avez, vous autres hommes, de ſi étranges idées ſur ce que vous appellez honneur, que nous ferions tentées de croire que vous avez un honneur à part, qui ne reſſemble point au nôtre.——Si, raiſonnant d'après les notions que notre ſexe attache plus particulièrement à l'honneur, je vou-

lois parodier vos longs raifonnemens, je
vous embarrafferois fort, mon cher Mims:
je vous dirois, par exemple, que je connois une veuve qui prétend à l'eftime publique, qui paffe pour être affez bien de
figure ; qui, fans être à la fleur de l'âge,
en a la fraîcheur ; qui a trouvé le fecret de
fe faire aimer des perfonnes qui la con-
noiffent, refpecter de celles qui ne la con-
noiffent pas ; qu'il n'y a rien à dire fur fa
conduite ; que cependant elle reçoit à toute
heure, en déshabillé, tête-à-tête, un Officier
qui paffe pour......N'achevez pas, mé-
chante , la comparaifon eft fauffe.———
Comment fauffe ! je donne prife à ces
calomnies tout autant que vous le pourriez
faire , en donnant Zoraïde à Edmond.
Pouvez-vous, puis-je empêcher qu'on ne
calomnie ? Ce que nous pouvons faire,
c'eft le bien ; & en le faifant, nous dévons
braver la malignité humaine.

Mais, Madame, dit alors le Capitaine
d'un ton grave, il me fembloit que vous

E ij

aviez commencé par applaudir aux vues
que je vous avois communiquées; & fi
les apparences ne me trompent pas, vous
finiffez par m'en fuggérer d'autres. Je defire me tromper à ces apparences; ce feroit
pour moi un vrai chagrin que de me trouver dans le cas de manquer de déférence
à votre égard. Avant donc de pouffer les
chofes plus loin, veuillez bien vous perfuader qu'aucune confidération dans le
monde ne me fera varier fur ce point. Je
tâcherai de trouver pour mon fils une
époufe qui le rende heureux: mais s'il n'y
avoit que Zoraïde au monde qui pût faire
fon bonheur, je m'y oppoferois, mon
parti eft invariablement pris à cet égard. »

Miftrifs Quinbrook répondit avec un
peu de chaleur; & le temps de la toilette
arrivant à propos, elle demanda la permiffion de paffer dans fon cabinet, où le
Capitaine ne la fuivit pas; il prit congé,
& fa mauvaife étoile le conduifit dans une
maifon où il eut le chagrin d'apprendre

tout ce qui s'étoit paffé en fon abfence,
au mariage près.

Lorfqu'il rentra pour dîner, Miftrifs
Quinbrook eut peine à le reconnoître,
tant fes traits étoient altérés. Après avoir
fait, d'un pas précipité, quelques tours de
falle :—« Je fuis, dit-il, le plus infortuné
des hommes; vous m'avez trahi, Madame,
c'eft le dernier des maux auxquels j'aie pu
me préparer. Vous avez encouragé mon
fils dans un acte qui me déshonore ; je fais
de bonne part que Zoraïde & Edmond fe
font vus, qu'ils s'aiment ; que cette malheureufe liaifon eft l'unique obftacle à la
félicité de Lord Drew ; mais il fera puni
de fa défobéïffance, je ne la lui pardonnerai jamais. Et quel que foit l'efpoir que vous
ayiez pu former de me ramener à vos vues
fur ce point, je vous déclare encore que
je ne confentirai jamais à une union que
l'inégalité des fortunes rend impraticable.
Mon fils n'a de loi à prendre que de moi,
& Zoraïde eft trop jeune pour difpofer à
fon gré de fa perfonne.   E iij

Miftrifs Quinbrook fentit qu'il n'y avoit pas moyen de contredire des faits qui paroiffoient n'avoir été que trop fidélement rapportés : elle fe borna à diffimuler le vrai motif de la conduite qu'elle avoit tenue, & s'attacha à démontrer au Capitaine, que c'étoit par égard pour lui-même qu'elle s'étoit prêtée au commerce innocent qui lui caufoit tant d'ombrage.——— « Puifque vous êtes fi bien inftruit, lui dit-elle, vous ne devez pas ignorer qu'Edmond nous invita à *Place-Neard*, même avant votre départ pour l'Inde : certainement je ne l'avois pas mandé : mais défefpéré d'avoir perdu les bonnes graces de fon père, fans concevoir comment il avoit pu s'attirer ce malheur, il vint me trouver fondant en larmes. Je le raffurai de mon mieux ; & afin de le dérober aux yeux de Zoraïde, je l'envoyai à l'hermitage. Il y paffa quelques jours, au bout defquels il retourna au Collége. Pendant ce court féjour, M. Crofby le prit en amitié. Il s'en

prévalut quelques temps après, & engagea
le digne folitaire à me demander pour lui
la permiffion de paffer quelque temps avec
nous. Qu'avois-je à oppofer à une demande
qui paroiffoit fi naturelle à tout le monde?
Falloit-il que je donnaffe l'unique raifon
que je pouvois avoir de refufer, & que
je révélaffe votre fecret? C'eft certainement
dans ce cas-là, & non dans ce que j'ai fait,
que vous pourriez me reprocher avec juf-
tice de vous avoir trahi. Edmond vint
donc paffer quelque temps avec nous.
M. & Miftrifs Withers, croyant retrouver en lui les traits du fils qu'ils ont perdu,
le prirent dans une affection fingulière. »....
Je conçois, Madame, que je vous ai
dans toute cette affaire de vraies obliga-
tions: vous blâmiez ma conduite, vous
la traitiez fecrettement de ridicule, peut-
être d'injufte; vous avez craint de publier
mes travers, je ne puis que vous remer-
cier de tant de ménagemens. Ici Miftrifs
Quinbrook perdit patience, accufa le

Capitaine de fingularité & d'opiniâtreté.
Pour la première fois de leur vie, ces amis
de vingt ans querelèrent enfemble.

Rien ne put ébranler l'inflexible Capitaine. Il eut à peine quitté Miftris Quinbrook, que réfléchiffant fur le parti qu'il
avoit à prendre pour rompre fans retour
des liaifons qu'il ne fuppofoit que naiffan-
tes, il fe détermina à faire embarquer fon
fils pour l'Inde. L'ayant mandé en conféquence, il lui dit, au moment où il mit
pied-à-terre, qu'il arrivoit à propos pour
partager avec lui une partie de plaifir;
qu'un Capitaine de fes amis, fur le point
de faire voile, l'avoit prié, pour ce jour
même, à dîner à bord de fon vaiffeau, &
qu'il l'y accompagneroit. Le mot étoit
donné au Capitaine qui mouilloit alors
dans la rade de *Plymouth*; on dîna affez
gaiement; après dîner, tandis qu'on amu-
foit le jeune homme dans la chambre du
Capitaine, le père paffa fur une chaloupe
qui le mit à terre, & le fignal pour appa-

reiller ayant été donné, le vaiſſeau cingla
à pleines voiles & s'éloigna de la côte.

Le Capitaine Mims l'ayant preſque
perdu de vue, & s'applaudiſſant de ce trait
magnanime, reprit le chemin de *Place-*
Neard, & arriva, bien ſatisfait de lui-
même, chez le Docteur Withers.

CHAPITRE XXXV.

Scène intéressante.

L E Docteur n'étoit pas chez lui, il avoit
été au-delà de *Plymouth* visiter un pauvre
homme qui avoit sollicité cet acte de cha-
rité d'une manière singulière : il avoit fait
dire que son ame avoit encore plus besoin
de secours que son corps, mais que le
même médecin rempliroit l'un & l'autre
office. M. Withers, à son retour, rendit
compte de ce qu'il avoit vu & entendu :
« Le malheureux, dit-il, paroît avoir l'esprit troublé, & je l'ai vu dix fois sur le
point de m'en révéler la cause. Je l'ai tran-
quillisé de mon mieux, & l'ai exhorté à
bannir de son esprit des idées qui paroif-
soient le tourmenter ; le prévenant que s'il
ne parvenoit pas à rétablir le calme dans
son ame, il y avoit tout à craindre pour
ses jours. Ainsi, ajouta-t-il en souriant,
il est probable que, tandis que je jouirai

ici de votre agréable fociété, on m'appellera pour remplir près de cet homme les fonctions de père Confeffeur. Là-deffus on dîna gaiement, on eut même le temps de prendre le thé, & la promenade commençoit, lorfqu'on découvrit au fond de l'avenue un homme courant à toute bride & s'approchant de la maifon. « Voilà, dit le Docteur, quelque ordre que l'on m'apporte, il faut obéir : c'eft certainement le pauvre homme dont je vous ai parlé qui veut abfolument fe confeffer ; je ne regretterois pas le plaifir auquel je me dérobe, fi je puis rendre la paix à un homme mourant. Le Docteur fe difpofoit à fuivre le meffager, lorfqu'il le vit entrer portant un paquet fous un bras, un portrait fous l'autre. J'apporte ceci, dit-il, de la part de l'homme mourant ; il m'a chargé de le remettre au Docteur Withers, difant que le paquet & la peinture ont rapport à l'enfant qu'il a perdu.

Il y avoit trente-huit ans que Miftrifs

E vj.

Withers n'avoit pu faire usage de ses bras ;
elle les tendit sans s'en appercevoir vers
l'envoyé du ciel. Donnez, donnez, s'écria-
t-elle, que je voye avant de mourir tout
ce qui reste peut-être de mon enfant chéri....
Oui, oui, continua-t-elle, en ouvrant le
paquet, ce sont précisément les hardes
qu'il avoit le jour où il fut enlevé à ma
tendresse : je me souviens que toute malade que j'étois, je l'avois habillé moi-
même : hélas ! à quelle vérité nous con-
duira cette découverte. Le Capitaine Mims
se saisissant du portrait, fit approcher le
messager de Mistriss Withers :—Explique-
toi, mon ami, lui dit-il, dis-nous tout
ce qu'on t'a chargé de révéler, & que je
suppose devoir être confirmé par ce
portrait.

Oui dà, plaise votre honneur, répondit
le messager, v'là tout ce que je sais de la
chose ; comme il faut paroître devant Dieu :
Etienne James a déposé, comme étant son
dernier testament, en présence de trois

témoins croyables, que, sans avoir aucune
intention de faire du mal, il avoit, il y a
trente-huit ans, trouvé un enfant, qu'il
avoit secrètement transporté dans sa chau-
mière; que sa femme *Jeanne James* nourrissoit alors le fils d'un Capitaine de vais-
feau qui étoit sur le point de mourir, de
sorte que les mois de nourrice auroient
été perdus avec lui; que cet enfant étant
à-peu-près de la grandeur & de l'age de
celui qu'il venoit de trouver, il avoit
conçu l'idée de le substituer, en cas de
mort, à celui que sa femme nourrissoit;
que l'ayant en conséquence porté chez lui
le plus secrètement possible, il avoit communiqué son idée à sa femme qui l'avoit
trouvée bonne, & qu'ils étoient convenus
que si l'enfant du Capitaine de vaisseaux
mouroit, on ne diroit mot, & que l'on
continueroit d'élever l'enfant trouvé
comme si c'étoit l'autre.——« Quelle inhumanité! quelle barbarie! s'écria Mistriss
Withers : Zoraïde la soutenoit contre son

fein, tout le monde fut allarmé des fymptômes de convulfions qui fe manifeftèrent;
le Docteur lui adminiftra quelques gouttes,
l'invita tendrement à fe calmer; elle reprit
fes fens & redoubla d'attention. Le Meffager, prié de continuer fon récit, le reprit
en ces termes :

. « Si bien que l'enfant du Capitaine de
vaiffeau étant mort, *Etienne James* &
Jeanne fa femme, l'enterrèrent fans faire
femblant de rien, & continuèrent d'élever
l'autre comme fi de rien n'étoit. Ils le gar-
dèrent ainfi jufqu'à l'age de fix ans que fes
parens le mirent en culottes pour l'envoyer
dans l'Inde : mais quand il eut fes habits
neufs de matelot, l'enfant parut fi beau,
que fa mère, c'eft-à-dire, celle qui croyoit
être fa mère, voulut avoir fon portrait :
quand elle l'eut, elle en demanda une
copie pour la nourrice; l'original fut envoyé à *Calcutta*, où elle le fit mettre dans
fon cabinet de toilette.....

. Ciel ! dit le Capitaine Mims, examinant

le portrait ... je n'ai vu autre chofe dans ma jeuneffe.

Jeanne James, reprit le Meffager, garda foigneufement cette copie, que je vous rapporte, & fe fouvient d'avoir vu partir l'original avec l'enfant pour Calcuta....

Brave homme, dit Miftri s Withers au Meffager, felon ce que tu nous dis, je dois entendre que le portrait de mon fils peut être à Calcuta, qu'il pourroit indiquer, fi on reufliffoit à le decouvrir, fi l'enfant qu'il repréfente vit encore, ce qu'il eft devenu, où l'on pourroit le chercher: mais fais-tu du moins le nom du Capitaine auquel il étoit fuppofé appartenir?.... Pendant que Miftris Withers queftionnoit le Meffager, le Capitaine Mims confidéroit le portrait, avec un redoublement d'attention, & fe rappellant toutes les circonftances de fon enfance, convaincu de la parfaite reffemblance de cette copie avec l'original qu'il avoit laiffé à Calcutta, il fe jetta aux genoux de Miſtris Withers, & prenant doucement ſes mains dans les ſiennes: O Madame, dit-il, appellez à votre ſecours toute votre raiſon, toute la force de votre eſprit, toute votre piété: ce moment eſt ſi beau, qu'il peut être terrible...

——Qu'allez-vous m'apprendre, achevez, répondit Miſtris Withers: que j'y ſuccombe ou non, tirez moi de l'état où je ſuis!

——Le nom du Capitaine, ſuppoſé pere de votre fils, eſt Mims! c'eſt le nom que j'ai toujours porté. C'étoit un digne homme; ma mere ſuppoſée étoit la plus vertueuſe des femmes. Je les perdis jeune encore, & je les retrouve en vous...... O ma Mere! ô mon Pere!...

Le docteur Withers, ſuccombant à l'excès de ſon émotion, tomba à côté de ſon fils, aux genoux de ſa femme. Zoraïde, Miſtris Quinbrook & Lord Drew, entraînés par l'impulſion du moment, ſe jetterent

machinalement à genoux autour du fauteuil. Le feul M. Crosby eut la préfence
d'efprit de paffer derriere le fauteuil, & de
foutenir la tête de Miftris Withers, dont
l'état tiroit fur l'évanouiffement. Mais ce
n'étoit qu'une fufpenfion momentanée de
l'ufage de la parole, & fa voix fe fit entendre la premiere. Elle fe précipita fur
le Capitaine, & l'embraffant avec tranf-
port : O mon fils, lui dit-elle, ô fource
de ma douleur & de ma joie ! les yeux
maternels ne fe trompent donc pas : les
miens vous avoient reconnù, au premier
moment où ils vous ont aperçu. Mon cœur
avoit confirmé leur rapport. Mon fils,
tandis que je vous tiens dans mes bras,
réparez d'un feul mot tous les maux dont
vous avez été la caufe innocente ; jurez-
moi que vous ne nous quitterez jamais ;
que la mort feule nous féparera défor-
mais.

L'émotion, la chaleur, la vivacité d'action produifant en ce moment-là une tranf-

piration furnaturelle dans Miftris Withers,
le Docteur, qui le remarqua, lui propofa
d'effayer d'étendre fes jambes ; elle effaya,
par complaifance, & fut fingulièrement
étonnée de la facilité avec laquelle elle
y reuffit; cette revolution avoit tellement
relâché les nerfs, qu'elle fe leva, & feulement foutenue par Zoraïde, elle fe trouva
en état de faire quelques tours de chambre. Le Docteur ordonna fur-le-champ un
bain aromatique qui, (répété quelques
jours de fuite), confirma l'opération de
la nature.

Revenu des premiers tranfports, le Capitaine Mims parut tout à coup paffer de
l'excès de la joie, à la fombre rêverie.
Comme tout le monde étoit livré aux im-
preffions diverfes que venoit de produire
la fcène du moment, on fut quelque temps
fans s'appercevoir de cette révolution fu-
bite dans l'extérieur du Capitaine. Le Docteur l'ayant remarqué le premier, & lui
en ayant tendrement demandé le fujet :

« Hélas! repondit-il, d'un air confus, il n'eſt donc point de bonheur parfait dans le monde! point de plaiſirs, point de joie, qui ne ſoient mêlés d'amertume. Que ne donnerois-je pas, pour que le pauvre Edmond partageât l'ivreſſe de ſa famille ?

— » Rien de ſi naturel, repondit Monſieur Withers : mais mon fils, cette ivreſſe ne peut être paſſagere, elle durera du moins aſſez, pour que ce cher enfant en ſoit témoin, & mêle quelques larmes à celles que nous donnons à la joie. —Impoſſible, s'écria le Capitaine, impoſſible avant pluſieurs mois!

— » Pluſieurs mois! dit Miſtris Withers. Quoi! je ne verrois pas mon petit-fils de pluſieurs mois! O ciel! que lui eſt-il donc arrivé?

— » Hélas, je l'ai fait partir pour l'Inde. Pour l'Inde! s'écrièrent à-la-fois Monſieur & Miſtris Withers, & Zoraïde.

Quoi! répéta ſéparément Miſtris Withers, notre cher enfant parti pour l'Inde!

Ah Dieu! dit à demi-voix Zoraïde, mon cher époux. ...! Elle ne put achever, & tomba évanouie dans les bras du Lord Drew.

Son époux! qu'ai-je entendu, dit le Capitaine! Ah! malheureux que je suis; c'était précisément pour empêcher ce mariage! Qu'ai-je fait! O mes respectables parens! ô père, ô mère chéris, faut il qu'au moment où le Ciel vous rend un fils, je vous en aie enlevé un autre! —— Expliquez-vous, s'écrierent à la fois quelques voix confuses. —— » Et vous, Zoraïde, continua le Capitaine, quelle réparation pourrai-je vous faire? Deviez-vous attendre un coup si sévère, de la part d'un homme qui vous est si tendrement dévoué? Hélas, j'ignorois ce penchant qui vous a entraînée, & je voulois le prévenir. Je suis d'autant plus coupable, mes regrets sont d'autant plus déchirans, que c'est dans un moment d'emportement que j'ai pris ce parti violent: J'étois piqué de la désobéissance de mon fils ; & déterminé à ne jamais lui pardonner la préſomption d'aſpirer à votre main, connoiſſant l'immenſe diſproportion de ſa fortune & de la vôtre.....

» Dieu vous pardonne, Monſieur, répondit Zoraïde fondant en larmes ; il ne ſera pas dit que mon Bienfaiteur entendra de ma part un murmure. Tout ce que je puis dire, c'eſt que mon exiſtence eſt attachée à celle de votre Fils ; elle eſt à votre diſpoſition. Au reſte, gardez-vous de penſer, Monſieur, que la propoſition ait jamais été faite de la part d'Edmond. J'ai tout pris ſur moi : je lui ai dit, & j'ai eu le bonheur de lui perſuader qu'il ne s'agiſſoit entre vous & moi que d'un combat de généroſité ; que les mêmes motifs qui vous engageoient à me refuſer pour fille, m'impoſoient le devoir de vous adopter pour pere ; en un mot, j'ai voulu vous mettre dans l'impoſſibilité de vous oppoſer à notre bonheur, en prévenant notre rétour. Voilà mon crime, Monſieur ;

s'il faut en juger par la nature de la punition, il est bien grand en vérité...

Ne perdons point le temps en discours superflus, dit M. Crosby : le départ est récent ; les vaisseaux n'ont pas la rapidité des vents, qui souvent contrarient plus leur marche, qu'ils ne la favorisent ; peut-être notre jeune ami n'est-il guère éloigné encore de nos côtes. Le pis-aller est de le joindre au Cap de Bonne-Espérance ; pas un instant à perdre. Je vole à Plimouth, & j'expédierai à sa poursuite quelque navire bon voilier, qui nous le ramènera, plus promptement peut-être que nous n'osions l'espérer.

Proposer l'expédient, & voler à l'exécution, ne fut pour M. Crosby qu'un même mouvement ; il disparut avec la rapidité de l'éclair. Le Capitaine le suivit.

Zoraïde, soulagée par son absence, se livra avec moins de contrainte à sa juste douleur ; mais elle en poussa trop loin l'expression. Elle ne vouloit rien moins que

s'enfevelir dans fa ferme, & ne voir abfolument perfonne tant qu'on ne lui auroit
pas rendu fon mari.——« Ma fille, lui dit
le Docteur Withers avec douceur, dans
de pareils momens ne fongeriez-vous donc
qu'à vous-même ? Ne nous devez-vous
pas quelques confolations ? Jettez les yeux
fur votre mère ; l'abandonnerez-vous dans
l'état où elle eft ? ——Miftrifs Withers tendit les bras à Zoraïde, elle s'y précipita,
dépofa dans fon fein fes douleurs & fes
larmes ; & les fages exhortations du Docteur l'ayant ramenée aux fentimens de la
raifon & du devoir, elle promit de fe
calmer & de ne pas fe féparer de fes chers
parens.

CHAPITRE XXXVI.

Découverte fur découverte.

LORD Drew n'avoit pas été fpectateur indifférent de cette fcène. Le hazard comme on a pu le remarquer, l'avoit placé de manière que, lorfque Zoraïde tomba en défaillance, il la reçut dans fes bras. Si l'on fe rappelle que ce fut au moment où, par une exclamation involontaire, elle déclara fon mariage, on fe formera une idée de ce que dut éprouver le malheu-reux Lord; & il faut avouer que fa conduite, en cette occafion, a dû le ré-concilier avec les lecteurs qui ont pu être indifpofés contre lui à caufe de tous fes écarts. Il foutint avec dignité fon rôle jufqu'à la fin. Lorfqu'il vit que fa préfence n'étoit plus néceffaire, foit pour foutenir Zoraïde, foit pour adminiftrer des con-folations à M. & à Miftrifs Withers, il

se

se retira respectueusement, & se fit conduire chez sa tante, pour délibérer tran-
quillement & mûrement sur ce qu'il lui
restoit à faire.

Sophie étoit seule; elle le reçut avec
sa réserve ordinaire. Il ne s'informa pas
dans le premier moment de la santé de sa
tante; mais feignant une légère indispo-
sition, il se retira après les premières civilités, dans son appartement, où se jet-
tant sur un sopha, & recueillant toutes
les facultés de son ame, il se livra à la
plus profonde réflexion. ——— » Elle est
mariée, se dit-il ...... Oui, mariée! tout
espoir est mort pour moi....... Hé bien,
c'est le moment où je dois commencer
à vivre pour elle..... Oui, je puis par un
premier service lui prouver que, si je n'ai
pas eu le bonheur d'obtenir sa main, je
la méritois peut-être. Oui: il faut mettre
tout ce qui s'est passé sur le compte du
sort; rien sur le sien....... Tout est dit
pour l'amant, l'ami va se montrer.........

Tome III.   E

Il n'y a pas à héfiter, je puis peut-être encore dévancer M. Crosby & le Capitaine Mims....... qu'on mette fix chevaux à ma voiture la plus légère ; que l'on prenne mes petits chevaux bais....., Je les devancerai de deux heures : je freterai un *cutter* ; je joindrai, je ramènerai l'heureux époux...... Il eſt encore des jouiſſances pour moi : Zoraïde me remerciera. Je lui ferai éprouver du moins un ſentiment ; c'eſt quelque choſe. » Réfléchiſſant enſuite qu'un cheval de courſe arriveroit plus promptement encore à *Plymouth*, il ordonna à ſon Jockey, de monter le meilleur, & lui donnant les inſtructions néceſſaires, il ſe rendit au ſallon pour le voir partir. La première choſe qu'il apperçut en entrant, fut Sophie, l'aînée de ſes couſines, fondant en larmes, & détournant la tête, pour lui dérober ſa ſituation.———O Ciel ! dit-il en avançant vers elle, n'eſt-il donc point de paix ſur la terre ? la beauté & l'innocence font-elles condamnées aux larmes ?

Cette manière de l'aborder étonna singulièrement Sophie. Il ne lui avoit jamais paru que son cousin l'honorât de la plus légère attention. Vous paroissez agité, Mylord, lui dit-elle, vous n'êtes pas dans votre assiète ordinaire.

O cousine, répondit Lord Drew, je viens d'être témoin d'une scène qui troubleroit meilleure tête que la mienne. Il lui fit part alors de tout ce qui venoit d'arriver à Place-Neard, à l'exception du mariage de Zoraïde, qu'il passa sous silence; mais il ne dissimula pas même la résolution qu'il venoit de prendre, de faire revenir Edmond, exilé, dit-il, par son pere, pour avoir prétendu à la main de Zoraïde.

Voilà, dit l'aimable Sophie, un trait de générosité, dont on citeroit probablement peu d'exemples. Je vous avoue, Mylord, que tout en l'admirant, je ne puis desirer qu'il réussisse, connoissant l'intérêt que vous avez à l'éloignement d'Edmond.

Intérêt! dit Lord Drew; généreuse fille, je n'en ai plus à rien; du moins qui me soit personnel. Je n'en ai plus qu'à faire le bien d'autrui. En deux mots: l'absence d'Edmond a réduit Zoraïde aux dernières extrémités de la douleur & du désespoir. N'ayant pas d'autres moyens de contribuer à son bonheur, je saisis celui que m'offre cette circonstance, & je viens d'expédier un domestique de confiance, à qui j'ai ordonné de ne rien épargner pour joindre & ramener l'heureux fugitif. Je me promets le plaisir de le présenter moi-même.

Sophie touchée jusqu'aux larmes, osa peut être pour la première fois de sa vie lever les yeux sur lui: —————» Puissent, lui dit-elle, toutes les bénédictions que dispense le Ciel, être la récompense d'une si belle action! puissiez-vous ignorer l'infortune; mais si vous en ressentiez jamais les cruelles atteintes, puisse la douce compassion en émousser pour vous tous.

les traits ! Pour être capable de ce que
vous faites, Milord, il faut que votre
cœur soit pur comme l'haleine de la Juſtice;
car ce n'eſt que dans les cœurs purs que
naiſſent ces ſentimens d'affection déſinté-
reſſée, qui ſeuls exaltent l'ame.

Je pourrois, belle Couſine, vous ap-
pliquer plus heureuſement cette charmante
réflexion que vous faites en ma faveur. Il
faut avoir l'ame bien belle pour ſentir
comme vous. Mais je n'ai pas encore apperçu ma tante, & la petite *Létitia* me
néglige bien aujourd'hui.

Vous les verrez bientôt, Milord, répondit Sophie, je les attends à chaque
inſtant, elles ont fait une petite courſe à
Plymouth.

—Et comment ſe fait-il que vous ne
ſoyez pas de la partie ? — J'ai demandé la
permiſſion de faire une petite retraite ;
quoique nous voyions peu de monde, les
occaſions d'être ſeule avec ſoi même ſont
rares.

Et vous recherchez ces occafions! Ah!
Coufine, il exifte quelque fympathie entre
nos cœurs. Je vous plains fi j'ai deviné.
Le plus terrible des maux eft fans doute
l'amour fans efpoir.———Voudriez-vous
avoir la bonté de me faire donner une
taffe de café?

Sophie fe leva précipitamment pour
fonner; & lorfqu'elle eut fait deux pas,
une lettre, qu'elle croyoit fûrement avoir
mife dans fa poche, tomba fur le tapis.
Lord Drew la ramaffa; & comme il ten-
doit la main pour la lui rendre, ayant
fans doute quelques ordres à donner, elle
fortit avec tant de légéreté, qu'elle ne prit
garde ni à la lettre, ni au mouvement
que faifoit fon coufin, qui refta dans cette
attitude, la lettre dépliée dans fa main.
Le hazard ayant porté fes regards fur une
ligne où il reconnut fon nom, il étoit
naturel que la curiofité eût fon tour. Il
commença par lire cette ligne; & ce qu'elle
exprimoit, lui faifant defirer d'en favoir

davantage, il lut la lettre entière qu'il trouva conçue en ces termes:

— « Vous me b'amez, chère Arabelle, de paffer ma jeuneffe à nourrir un penchant fecret pour Lord Drew : que voulez-vous ? Je ne puis vous rendre raifon de ce fenti-ment, je ne puis le juftifier; mais je ne puis ni ne veux m'en défendre. Il a oublié l'obli-gation que je lui ai : il a oublié qu'il fauva ma vie au rifque de la fienne, un jour que, courant comme une étourdie fur le bord de notre canal, j'y tombai. Vous me direz qu'il n'y a rien de bien extraordinaire dans ce trait; mais c'eft un acte d'humanité dont je chéris le fouvenir.

Mon excellent père fut enfuite la caufe innocente du progrès que fit fur mon cœur cette première impreffion. Vous favez comb'en fa tendreffe l'aveugloit fur le mér te de fes enfans; il fe plai oit à dire, à répé er fouvent que fa Sophie captivero.t un jour le cœ r de fon aimable coufin. Il eft fait à peindre, difoit-il, fon cœur eft

excellent, son titre & sa fortune forment
la moindre portion de son mérite. J'entendois tout cela, ma chère, & ne l'entendois pas impunément. Je m'etois formée à penser comme mon père. Qu'est-il
arrivé? Une jeune Indienne, belle comme
le jour, & dont le mérite égale la beauté,
l'a fixé pour jamais. Je l'aime, l'admire,
l'estime, & la regarde comme la première
de son sexe ; de même que j'ai le malheur
de regarder Lord Drew comme le premier
du sien. Puis-je m'étonner d'un événement
auquel mon cœur me dit que j'eusse donné
lieu moi même, si j'eusse été homme ?

» Quoiqu'instruite comme vous le voyez,
éclairée sur mon sort , je ne veux pas
même combattre le sentiment qui m'attache à lui ; je me borne à le déguiser
sous les apparences d'une froideur, d'une
réserve également étrangère à mon âge
& à mon caractère. L'Univers entier n'eût
pu m'engager à chercher du soulagement
dans la plainte ; mais vous avez surpris

mon secret, & vous vous êtes par conséquent conftituée l'unique source de con-
folations auxquelles j'ofe prétendre.

» Puiffe-t-il obtenir l'objet de fes vœux!
puiffe-t-elle le rendre auffi heureux, que
j'euffe fait ma gloire & mon plaifir de le
rendre! mais les perfections de fon ame
font auffi fupérieures aux miennes, que le
font celles de fa perfonne; & il ne peut
manquer d'être avec elle le plus heureux
des hommes.

» Il exifte à la vérité un jeune homme qui
paroît être parfaitement bien avec elle, &
qui donne beaucoup d'ombrage à Lord
Drew; mais il me paroît impoffible qu'elle
le préfère à mon coufin.

» Si vous me voyiez, ma chère, vous
auriez peine à me reconnoître : vous ne
concevriez pas la métamorphofe que j'ai
fubie. Je ne fuis plus *la belle demoifelle*
tirée à quatre épingles, comme il vous
plaifoit de m'appeller; je fuis l'emblême
du bon âge d'or; je me mets précifément

F v

comme Zoraïde, en qui j'admire l'enfant de la Nature & de l'élégante simplicité; mais Lord Drew n'a des yeux que pour elle, il ne remarque pas s'il existe entre nous quelques rapports de goût. Ce n'est donc que pour me plaire à moi-même, que j'imite si scrupuleusement la victorieuse Indienne.

» Adieu, pour le moment, ma bonne, ma chère amie; je finirai ma lettre quand je pourrai plier ce cœur opiniâtre au choix de quelque sujet plus agréable. »

Fille charmante, s'écria Lord Drew, fille généreuse! ceci surpasse tout ce dont j'eusse jamais cru le sexe capable. Quoi! connoître sa rivale, l'aimer, l'estimer sachant qu'elle est préférée; préférer mon bonheur au sien propre! ô que je dois paroître petit en comparaison! ——Mais comment épargner à sa délicatesse le chagrin de savoir que j'ai surpris aussi son secret? Comment m'y prendre ? »..... Après avoir réfléchi un moment. « J'ouvrirai, dit-il, le plus doucement poſſible la porte par laquelle elle eſt ſortie ; je dépoſerai la lettre ſur le palier, je refermerai la porte , & j'eſpère qu'en rentrant, elle retrouvera la lettre telle qu'elle l'a laiſſée tomber. »

L'expédient réuſſit parfaitement. Sophie rentra l'inſtant d'après, & il fut facile à Milord de juger du ſuccès de ſon innocente ſupercherie, par le mélange de confuſion & de ſatisfaction qui ſe manifeſta dans les traits & le maintien de l'aimable couſine. Ce fut en ce moment décifif que Lord Drew l'examina pour la première fois de ſa vie, avec attention. Il la trouva, ainſi qu'elle le difoit elle-même dans ſa lettre, la copie abſolue de Zoraïde : il ſentit s'élever à l'inſtant dans ſon cœur des ſentimens impétueux d'admiration & de ſurpriſe, qui le jettèrent dans une agitation qu'il ne put diſſimuler.

Sophie le remarquant, & bien éloignée d'en ſoupçonner la cauſe, lui dit du ton

F vj

du plus doux intérêt : « Vous souffrez , Milord , vous éprouvez de cruels combats. Y auroit il de l'indiscrétion à vous demander le parti que vous croyez devoir prendre dans une si cruelle alternative ? »

Belle Sophie, répondit Lord Drew , le seul parti que j'aie à prendre , est de faire tout ce qui sera en mon pouvoir pour rendre Edmond à Zoraïde.——« Et croyez-vous avoir la force de souffrir.....Elle ne put achever. »——« Souffrir ! Quoi ? Le pis qui pouvoit arriver est arrivé. Zoraïde est l'épouse d'Edmond ! »

A ces mots, la tasse tomba des mains de Sophie ; & le Lord Drew se reprocha d'avoir annoncé cette nouvelle avec si peu de ménagement. Il se levoit pour la soutenir, lorsqu'il vit entrer Mistriss Drew, suivie de Létitia. Sophie se remit de son mieux ; l'accident de la tasse fut mis sur le compte d'un peu de maladresse, & la maîtresse de la maison s'étant réunie , ainsi que Létitia , à la partie de café , la converfation devint générale.

Lord Drew, tout entier à fon objet, raconta
en peu de mots la fcène dont il venoit d'être
témoin chez le docteur Withers, & annonça
la refolution qu'il formoit à l'inftant même,
de voyager, de faire le tour du monde,
s'il ne réüffiffoit pas à ramener Edmond
à Zoraïde, à fon pere, à fes amis. C'eft,
dit-il, un exil volontaire, que je m'infli-
gerai, pour avoir été la caufe indirecte de
celui de ce jeune homme ; ne pouvant
me diffimuler que c'eft moi qui ai fait
informer fon pere des vifites qu'Edmond
avoit faites à Place Neard ——» Faire le
tour du monde ! s'écria Létitia, en paffant
fes petits bras autour de fon cou. O
coufin ! Auriez-vous la dureté de nous laiffer ? N'aurez-vous pas pitié de nous ? Songez que nous n'avons ni papa, ni frères;
que nous n'avons que vous. Je fuis fure
que maman mourroit de chagrin, fi vous
nous abandonniez. C'eft une chofe bien
dure, que vous nous comptiez pour rien,

nous, vos proches parentes, qui vous ai-
mons, qui vous honorons, qui ne fommes
heureuſes que quand nous vous voyons ;
& que vous alliez vous caſſer la tête,
vous faire deſſécher de chagrin, pour
une Demoiſelle qui ne veut pas même
vous faire l'honneur de porter votre nom.
En vérité, Mylord ; là, en vérité, quoique
Sophie ne diſe rien, je vous réponds qu'elle
vous ſaura autant gré que moi même, ſi
vous nous promettez de ne pas nous quitter, & de nous continuer votre ſociété,
votre amitié. N'eſt-ce pas, Sophie ?

« Charmante enfant, repondit Lord
Drew, touché juſqu'aux larmes de l'innocence de ſes careſſes : je vous promets de
revenir bientôt, & de demander à Madame votre mere la permiſſion de venir
prendre, dans ſon aimable famille, des
leçons de bon ſens & de tranquillité. J'ai eu
tort, il eſt vrai, il y a même eu de la baſſeſſe
de ma part, à perſécuter une femme, qui
m'avoit déclaré qu'elle ne pouvoit être à

moi; mais à préfent l'illufion eft diffipée; elle eft unie à l'objet de fon choix , & du moment que je la verrai heureufe, je ferai confolé. Je »... « Vous jouerez avec moi, dit Létitia, en l'interrompant: je gage que c'eft - là ce que vous alliez dire. Oui, j'efpère que nous reprendrons nos jeux, comme nous avions coutume de faire, avant que vous connuffiez cette Zoraïde, que Dieu béniffe. Je l'aimerois de tout mon cœur, fi elle ne vous avoit pas donné tant de chagrin; mais, préfé-rer qui que ce foit à mon coufin, ah ! c'eft ce que je ne puis lui paffer.

» Tai'ez-vous , petite babillarde, dit Miftrifs Drew : ne voyez-vous pas que vous fatiguez Mylord de vos careffes ?

Ah ! point du tout, maman : mes ca-reffes ne peuvent fatiguer. N'eft-ce pas , Milord ? Tout ce que je dis , maman, c'eft pour fon bien, c'eft que je voudrois le voir heureux , & qu'il ne fe troublât pas la cervelle à propos de rien. Sophie voudroit le voir heureux, tout auffi bien que moi; & vous auffi, maman, quoique vous ne veuilliez, ni l'une ni l'autre, être auffi franches que moi, & lui dire tout ce que vous penfez, comme je fais; mais je lui dirai, moi, tout ce que je fens, & je baiferai fa main vingt fois & puis vingt fois encore, pourvu feulement qu'il foit affez bon, pour nous promettre qu'il reviendra à nous.

Lord Drew l'affura que rien au monde ne l'empêcheroit de lui tenir parole. Cependant, lorfqu'il fe leva pour fortir, la pauvre enfant fondit en larmes. ——Du moins, dit-elle, donnez-nous la main en partant.... Allons, coufin, donnez la main.... Maman, Sophie, ne voulez vous pas dire adieu à Mylord.... Pourquoi donc ne pas donner votre main, Sophie? pourquoi ne pas lui dire comme moi, que s'il tient fa parole, s'il revient promptement, vous l'aimerez comme je l'aime....

Perfonne, dit Sophie en rougiffant,

ne respecte Lord Drew plus que moi;
mais ma chère Létitia, voudriez-vous
que....

Oh, non: je ne veux rien, répondit
la petite fille: jouez votre rôle de vieille,
soyez grave, formelle, froide. Pour vous,
cousin, croyez-moi; s'il lui prend envie
de vous tendre la main, si même elle se
mettoit à genoux, pour vous engager à
la prendre, n'en faites rien. Ce n'est pas
tout que de faire les choses, il faut qu'elles
soient faites de bonne grace.... Voyez,
Sophie, maman n'est pas si rude, si
repoussante que vous l'êtes ».

Lord Drew baisa la main de la mere &
des filles, & leur dit que s'il ne partoit
pas pour Londres, il auroit le plaisir de
les voir le soir même; mais qu'il alloit
du côté de la mer, pour tâcher de savoir
ce qu'auroit pu faire le Domestique, qu'il
avoit chargé de sa commission.

Lorsqu'il fut sorti, Mistrifs Drew fit
de très-sérieuses remontrances à Létitia,
sur la conduite qu'elle venoit de tenir avec

fon coufin, & finit par luï dire, qu'à tout
âge, en toute circonftance, il y a des formes de décence à obferver entre les deux
fexes.

Quoi, maman, entre proches parents?

Oui, ma chère; entre les parents les
plus proches.

Oh que c'eft donc plaifant, repliqua la
petite ! s'il y a des formes qui empêchent
de dire ce qu'on penfe : il faut donc que
tout fe faffe en belles révérences, & fa're
des mines bien froides, & regarder à la
glace les gens qu'on aime le mieux.

Il ne faut pas tout cela, ma fille; mais
il faut une referve polie. Létitia fe tut,
mais ne parut pas convaincue. Miftrifs
Drew & Sophie étant forties : Je fais
bien, fe dit elle, qu'il y a du mal à dire
des chofes défobligeantes, parce qu'elles
mortifient ; mais, que maman & ma
fœur prêchent tant qu'il leur plaira, je ne
croirai jamais, non jamais, tant que je
vivrai, qu'il foit mal de dire des chofes
obligeantes.

CHAPITRE XXXVII.

Chapitre très long.

LE capitaine Mims affis entre fon pere
& fa mere, répondoit à quantité de queftions, qu'il étoit naturel que ces honnêtes
gens lui fiffent, & qu'ils n'avoient pas
eu l'occafion de lui faire plutôt. Il leur
expliqua comment il n'avoit pu fe tromper à la reffemblance du portrait que l'on
venoit de découvrir, avec celui qu'il avoit
laiffé à Calcutta; en leur apprenant qu'il
avoit dix-fept ans lorfqu'il eut le chagrin
de perdre fa mere fuppofée, & qu'à cette
époque fon portrait étoit encore dans fon
cabinet de toilette. Mais, ajouta-t il, quoique je fois affez heureux pour ne pouvoir douter que je fois votre fils, il feroit important que nous euffions quelque
converfation avec mon pere nourricier;
non relativement à moi, mais pour ré-

gler la conduite que j'ai à tenir dans une circonstance aussi délicate que rare. On a trompé un galant homme en me faisant passer pour son enfant légitime. J'ai reçu de sa bonté une éducation libérale, & de la fortune; je ne puis restituer le premier bien, mais l'honneur me défend de garder le second; & très-certainement, quoique je puisse regarder cet héritage, comme un dédommagement de tout ce que j'ai perdu à être privé de vos bontés; je rendrai tout ce que j'ai reçu, aux héritiers de M. Mims. Je les connois, ils sont établis dans l'Inde & je les regardois comme mes parens; mais avant, je pense qu'il faudoit constater la mort de l'enfant auquel j'ai été substitué.

Le docteur Withers approuva cette résolution, & accompagné de son fils, se rendit au chevet de l'homme mourant. Par les réponses qu'on en reçut, il parut qu'il étoit au fond un honnête homme; que dans cette seule circonstance de sa

vie, il avoit fuccombé à la tentation d'af-
furer à fa femme les mois de nourrice
qu'elle alloit perdre ; qu'il en étoit fin-
cérement repentant, au point, felon toute
apparence, d'en mourir de chagrin. Lorfque ces Meffieurs approchèrent de fon
lit, il avoit perdu l'ufage de la parole, &
le docteur crut d'abord qu'il mourroit fans
le recouvrer. Ses yeux étoient fermés;
mais les ayant ouverts, & ayant reconnu le confolateur qu'il avoit appellé à
fes derniers momens. ———— » Pardonnez,
dit-il, pardonnez un malheureux qui va
recevoir le prix dû au bien ou au mal ;
ne fouffrez pas qu'il forte de ce monde,
fans emporter le pardon de ceux qu'il a
plus particulièrement offenfés.

Le docteur s'affit à côté de lui, & prenant fa main qu'il preffoit dans la fienne :
Mon ami, lui dit-il, foyez calme & fe-
rein; modérez vos regrets, votre repentir
a réparé votre faute. Puiffe notre pardon,
être auffi complet dans le ciel qu'il l'eft

fur la terre, & tout fera bien pour vous.
Mais, ajouta-t-il, fi votre mémoire ne
vous a pas abandonné avec vos forces,
dites nous ce que vous fîtes, dans le temps,
de l'enfant qui mourut, & auquel vous
fubftituâtes celui dont j'ai fi longtemps
pleuré la perte.

Allez, répondit l'homme mourant, au
fond de mon jardin, au pied d'un grand
orme, vous le trouverez inhumé dans une
boite de chêne : quand je ne ferai plus,
je defire que vous le faffiez transférer
dans le cimetière de Place-Neard, & que
l'on faffe graver fur fa tombe, l'effroya-
ble hiftoire de mon crime, afin d'éffrayer
les gens de la campagne, & de les empêcher de faire de pareils facrifices au for-
dide intérêt ; qu'il foit fait mention, dans
l'infcription, du fupplice que me font
éprouver mes remords à mes derniers
momens ; qu'elle dife combien je redoute
de paroître devant celui qui m'a fait, &
de lui rendre compte de cette feule action, la plus coupable de ma vie. »

L'agitation avec laquelle il prononça ces dernières paroles, la vérité des tourmens qu'il exprimoit, le jetterent dans un état de convulsion dont il ne revint plus.

On fouilla la terre au pied de l'arbre indiqué, & l'on trouva l'enfant dans un état de putréfaction horrible. « Nous le placerons dans l'église, dit le capitaine Mims, jusqu'à ce que nous puissions fixer un jour pour donner à Zoraïde la satisfaction de voir déposer l'urne, qu'elle a apportée de l'Inde, dans un caveau que nous ferons construire exprès. On pourra y placer en même temps les restes de cet innocent enfant; mais il faut que nous recevions de bonnes nouvelles du pauvre Edmond, avant que nous soyions en état de nous occuper d'objets qui, quelques touchants qu'ils soient en eux mêmes, ne peuvent être d'aucun service réel aux vivans ni aux morts.

Le Lecteur doit être impatient de con-

noître le succès des démarches faites pour
rejoindre & ramener le jeune Edmond.
Lorsque son pere eut disparu du vaisseau,
le laissant sous la direction du capitaine
prêt à faire voile; il parut inquiet de ne
plus le voir, monta sur le pont, redes-
cendit, le chercha, en demanda des nouvelles; ne recevant point de réponses sa-
tisfaisantes, &, s'appercevant que le vaisseau s'éloignoit du rivage, il devint fré-
nétique. Le Capitaine, pour sa justification,
lui remit la lettre que son pere avoit lais-
sée pour lui; il la parcourut avec rapidité. A peine en eut-il saisi le contenu,
qu'il s'écria : » Ah! Monsieur, qu'avez-
vous fait? Je suis déjà l'époux de la
jeune personne dont mon pere a eu l'inhumanité de me séparer; nous étions ma-
riés avant qu'il ne revînt de l'Inde; &
je suis persuadé qu'au moment où je vous
parle, il est aussi à plaindre qu'il me rend
infortuné, ainsi que mon épouse, pour
qui ce coup peut être mortel. »

« Il

Il ne falloit pas aller si vîte en be-
fogne , dit le vieux capitaine fans s'é-
mouvoir : arrive ce qui pourra , je
ne fuis refponfable de rien ; j'ai pour ga-
fant & indemnité la lettre de votre pere:
au refte un voyage dans l'Inde ne vous
fera point de mal.

Point de mal, repliqua Edmond ! Ah ?
vous ne connoiffez pas la délicateffe de la
conftitution de ma chere époufe ; elle fera
morte de chagrin avant mon retour !

Pas un mot de cela, dit le capitaine ;
vous êtes un joli cavalier, je vous l'accor-
de ; vous pourrez quelquefois dans votre
vie faire tourner la tête aux belles ; mais
les faire mourir de chagrin ! c'eft un conte,
une farce, comme le dit très-bien notre
ami Shakefpeare.

Edmond voyant en quelles mains il
étoit tombé, jugeant qu'il n'y avoit rien
à gagner, rien à obtenir d'un marin en-
durci & opinâtre, prit le parti de renfer-
mer fa douleur dans fon fein, jufqu'à ce

qu'il se présenât quelqu'occasion favorable d'échapper à son géolier. Lorsque le vaisseau mouilla à la hauteur des Jerseys; il trouva le moyen d'acheter un habit de matelot, dont il se revêtit à l'instant, & saisissant un autre moment favorable, il se laissa couler sur un cutter qui passoit près du vaisseau & engagea le maître à gagner la pleine mer. Il étoit déjà à une distance considérable, & croyoit être au terme de ses infortunes, lorsqu'un Sloop françois donna la chasse au cutter, le prit, & le conduisit à Brest.

Cependant, Lord Drew fut visiter ses amis de *Place-Neard*. Il trouva Mistriss Withers fondant en larmes. Hélas! lui dit-elle, si au moment où j'ai eu le plaisir de presser mon fils dans mes bras, on m'eût dit que ma félicité seroit mêlée d'amertume, j'eusse cru entendre de faux prophêtes. Cependant il est peu de douleurs égales à la mienne. Ce n'étoit pas assez que d'être livrée aux plus cruelles

alarmes sur le sort de mon petit-fils ; pour
mettre le comble à mes peines, Zoraïde
m'a abandonnée ; elle n'a pu me tenir
la promesse qu'elle m'avoit faite, elle s'est
enfermée dans la ferme où elle refuse
l'accès à tout le monde, à toute espèce
de consolation. Ce dernier coup m'accable ; je tremble pour ses jours. ——— Vous
me faites frémir, Madame, répondit Lord
Drew. Il y a en effet le plus grand danger à la laisser ainsi en proie à des douleurs aggravées par la solitude. Il n'est
point de moyen qu'on ne doive mettre
en usage pour la faire revenir de cette
résolution funeste........ Il me vient une
idée ; elle a beaucoup d'amitié pour ma
cousine Sophie. Sophie est une créature
douce, sensible, compatissante, prudente,
elle se gardera, autant par raison que par
caractère, de la fatiguer de conversations
inutiles ; sa sensibilité extrême fera naître
de ces momens où les larmes s'ouvrant
un passage, sont le plus efficace des se-

cours ; s'il étoit poſſible d'engager Zoraïde
à recevoir ſa viſite, je réponds de Sophie,
elle ſe fera un plaiſir, un devoir de ſe prêter à nos vues.

Hélas! dit Miſtriſs Withers, puiſqu'elle
nous fuit nous-mêmes, puiſqu'elle ſe refuſe à nos tendres empreſſemens, pouvons nous eſpérer qu'elle ſoit d'un accès
plus facile pour une étrangère? Les nœuds
de l'amitié, les liens du ſang, rien n'a de
pouvoir ſur elle: au reſte je la ſuppoſerois
preſqu'offenſée de la conduite de mon fils.
Elle nous évite pour nous dérober un
ſentiment qu'elle conçoit ne pouvoir que
nous bleſſer dans la partie la plus ſenſi-
ble; car enfin ſon motif étoit noble, &
le rend un objet d'admiration plutôt que
de cenſure : ſi je ne me trompe pas dans
cette conjecture, il en réſulteroit que c'eſt
contre nous ſeuls qu'elle a pris ce parti
extrême, & qu'elle pourroit recevoir des
conſolations de tout autre part ; ainſi
votre propoſition, Mylord, pourroit pro-

dûire peut-être ſon effet : mais comment
la lui faire parvenir, ſi elle refuſe indiſ-
tinctement de voir qui que ce ſoit ?

Mais, Madame, répondit Lord Drew,
il ſeroit bien étonnant que M. Withers,
conſidéré uniquement comme ſon médecin, ne fût point admis. Je ne parle ni
de l'ancien ami, ni du pere actuel ; le
docteur introduit, introduiroit Sophie
dans la maiſon, Sophie feroit ſa cour à
la bonne Marthe & l'engageroit à ſaiſir
quelque moment favorable pour la pré-
ſenter à ſa maîtreſſe. C'eſt en pareils cas
que les petites ſupercheries ſont des actes
louables. Il faut déployer toutes les reſ-
ſources de l'induſtrie ; je ne puis ſouffrir
que l'on abandonne Zoraïde à un égare-
ment que la rigueur de ſa ſituation peut
ſeule juſtifier : mais qui nous juſtifieroit de
nous être prêtés à une réſolution qui, l'é-
loignant de toutes les conſolations dont
ſon état a beſoin, ne peut qu'irriter ſon
mal & expoſer ſes jours ? Je ſuis perſuadé

que le docteur approuvera ma manière de
voir. Où est-il, Madame? je brûle de lui
communiquer mon idée. —— » Hélas!
il est à l'hermitage, ainsi que mon fils.
Tout le monde me fuit. »

» Un peu d'indulgence, Madame,
vous êtes à plaindre; ils sont à plaindre
je le suis plus que personne, car enfin ce
cher petit-fils se retrouvera, & je ne re-
trouverai pas ma Zoraïde. Au reste je
suis charmé qu'ils soient tous deux avec
le digne M. Crosby. Ce dernier plus froid,
plus réfléchi, parce qu'il est moins inté-
ressé que nous, nous suggérera ses idées.
Il faut que je parvienne à envoyer des secours & des consolations à votre chere
fille; si, comme je l'espère, ils approu-
vent mon projet, je ne puis que vous re-
péter que je réponds de Sophie.

—Que votre conduite est noble, Mylord, dit Mistriss Withers!

—Je serai flatté, Madame, si elle vous
paroît juste. J'ai été assez forcené pour cher-

cher à arracher la vie à celui que je voudrois aujourd'hui rappeller de son exil, aux
dépens de ma fortune. Je fais que vous
êtes affez généreufe, pour ne point attendre de facrifice en forme de réparation ;
mais ma confcience eft plus févère, & je
ne ferai en paix avec moi-même, que
lorfque j'aurai fait tous les efforts qui font
en mon pouvoir, pour le fervir, tant dans
fa perfonne, que dans celle de tous ceux
qui lui appartiennent.

Lord Drew trouva les trois amis raffemblés à l'hermitage ; le Docteur Withers,
pouffant de profonds foupirs, fon fils levant les mains au ciel, & M. Crofby fe
défolant de ne pouvoir fuggérer aucun
expédient propre à conjurer le malheur du
moment. Il s'agiffoit de trouver le moyen
de pénétrer jufqu'à Zoraïde, fans employer
l'autorité, & de la ramener à des fentimens plus raifonnables. Lord Drew étant
admis fans difficulté à cette efpèce de con-
feil, propofa la vifite de fa coufine ; & fut

goûté à l'inftant même du Docteur, qui fe
chargea d'aller fur-le-champ à la ferme. Je
tâcherai, dit-il, d'obtenir quelques minutes
d'entretien ; elle n'aura pas la dureté de me
refufer : une fois admis en fa préfence,
j'efpère que mes prières, fecondées par les
remontrances de la bonne Myftrifs Léland,
produiront quelqu'effet.

Le Docteur prit en effet le chemin de
la ferme ; on lui dit que Zoraïde s'aban-
donnoit à l'excès de fa douleur, qu'elle ne
vouloit prendre ni les aliments , ni le repos néceffaire ; qu'elle avoit même fait
vœu de rejetter toute nourriture , toute
vifite, toute efpèce de confolation , jufqu'à ce qu'on lui eût rendu fon mari ;
qu'ainfi que l'avoit foupçonné Myftrifs
Withers , elle fe plaignoit amèrement du
Capitaine Mims ; qu'elle l'accufoit d'avoir
détruit ce qu'il avoit fauvé , & lui repro-
choit, comme un excès de barbarie monf-
trueufe, d'avoir furpris fon fils, par une
fupercherie indigne d'un galant homme,

pour l'expofer aux dangers d'un voyage
long & périlleux; le tout, pour s'être formé
un fyftême fauvage d'honneur prétendu.

— » Ma fortune, ajoutoit-elle, ce fan-
tome de bien fi convoité des humains, a
été ma perte : l'homme qui l'avoit reçue
en dépôt a cru qu'il falloit en faire ufage,
pour acheter un titre, vrai hochet d'enfans;
il a mis dans la balance la raifon, la félicité, en oppofition avec la fauffe repré-
fentation, le clinquant du rang & les pré-
rogatives. Qu'il me ramène mon époux,
ou que mes yeux ne le voient jamais. Combien de malheureux n'a pas fait à-la-fois
cet homme cruel ! Mon digne docteur
Withers, fa refpectable époufe, plongés
comme moi dans l'abyme de douleur,
par ce trait infenfé d'orgueil opiniâtre !
Que je les plains ! que ne fuis-je en état
d'adoucir leurs maux ; mais leur fils déna-
turé m'en a ôté le pouvoir....

Le Docteur avoit engagé Marthe à laiffer la porte entr'ouverte ; il écoutoit en

G v

silence, & souffroit de voir dans le cœur
de sa petite fille une aversion si déclarée
pour son fils : mais lorsqu'il s'entendit
nommer lui même, lorsqu'il vit qu'elle ne
l'enveloppoit pas dans son ressentiment,
il hasarda d'entrer, & s'approchant d'elle :
—— » Hé bien, lui dit il, le voila, ce Withers, dont vous déplorez l'infortune ; regardez votre ami, votre Médecin : hélas !
je ne dis pas votre père ; ce n'est pas à ce
titre que je me présente, c'est à celui d'ancien ami, qui vient confondre ses chagrins avec les vôtres : chère Zoraïde,
ne m'ôtez pas le plaisir d'être convaincu
par mes sens, que vous existez ; ne soyez
pas inaccessible à ma tendresse : dans un
moment où le bonheur commence à nous
sourire, ne nous précipitez pas au tombeau, moi & ma digne épouse, qui vous
aime tant, qui est si fière de votre acqui-
sition, si jalouse de votre tendresse».

« Cette voix consolatrice, dit Zoraïde,
je m'en souviens, mon père, eut le pouvoir de m'arracher à moi-même, la pre-

mière fois que j'eus le bonheur de vous voir dans ce même appartement. Je succombois alors sous le poids de malheurs dispensés par la main divine ; vous m'enseignâtes, par votre propre exemple, à ne point me révolter contre la volonté du Ciel. Mais que ma situation actuelle est différente ! L'homme que je révérois le plus dans le monde entier, que je soupçonnois le moins de vouloir jamais me causer la plus légère peine, a troublé ma paix pour jamais. Je ne puis survivre à ce dernier coup du sort.

Le Docteur ne chercha pas à justifier le Capitaine Mims, il se garda bien d'entrer avec elle dans la moindre discussion ; mais il la pria de se lever, & de vouloir bien lui donner à-déjeûner : « Ayez la complaisance, dit-il, d'accorder quelques adoucissemens à celui que vous dites aimer & estimer ; dispensez-moi les consolations que vous refusez pour vous-même, & quoi qu'il puisse arriver, mon ame vous bénira. G vj

Zoraïde parut difposée à donner cette
marque de déférence au Docteur, qui
paffa dans le cabinet de toilette, où elle
promit de le joindre. Marthe, conformément aux inftructions qu'elle avoit reçues,
profita du moment où elle habilloit fa
Maîtreffe, pour lui donner à entendre que
Mifs Drew avoit témoigné le defir de la
voir, & demandé la permiffion de lui
faire une vifite. ━━ « Ma chère Maîtreffe,
lui dit-elle, vous favez que Mademoifelle
Sophie eft d'une trifteffe dont perfonne ne
peut rendre raifon ; elle ne parlera que
quand vous parlerez, ne foupirera que
quand vous foupirerez ; & fon excellent
cœur partagera furement toutes vos peines.
━━ » Je fais tout cela, dit Zoraïde :
Mifs Drew feroit la perfonne du monde
dont la fociété me feroit moins infupporta-
ble dans ma fituation ; mais ne feroit-il pas
cruel d'abufer ainfi de fon humanité ?
Les perfonnes fenfibles devroient me fuir,
comme on fuit celles qui font affligées.

de maladies contagieuses : je ne suis propre
qu'à affliger ceux qui sont heureux, à aggraver les peines de ceux qui ne le sont pas.

━━ » Ha! ma bonne Maîtresse, répondit Marthe, je suis une pauvre plaideuse en
toute cause ; mais je me mets à la place
de Mademoiselle Sophie : comme elle
vous aime tendrement, soyez sûre qu'elle
préfère de vous voir, si chagrine ou si
malade que vous puissiez être, plutôt que
de rester dans les doutes & les inquiétudes
où l'on est, quand on ne voit pas les
gens qu'on aime. Je sais bien que pour
moi, je ne m'éloignerois pas de vous, pour
les trois Couronnes du Roi George ; je
vous croirois mourante ou morte : au lieu
que quand je suis auprès de vous, quand
même vous me dites que vous mourez de
chagrin, je me dis tout bas, que j'espère
qu'il n'en fera rien. Par conséquent, croyez
que ce n'est pas abuser de l'humanité de
Mademoiselle Sophie, que de lui permet-
tre de vous voir, puisque ce seroit au con-

traire une inhumanité, que de lui refuser ».

——Je t'assure, Marthe, que tu plaides mieux que tu ne crois, & qu'il y a autant de sens que de bon naturel, dans les observations que tu me fais. J'aime beaucoup Miss Drew, & encore une fois, je n'ai aucune répugnance à la voir. Je m'occupe souvent d'elle, & je me demande ce qui peut la rendre si grave : elle n'a point éprouvé d'infortune ; ses pertes se bornent à celle d'un père qui étoit âgé, & dont la mort étoit à prévoir, dans le cours naturel des choses.

——« Oui, mais Madame, dit Marthe, si par hasard elle étoit amoureuse, n'y a-t-il pas-là de quoi tourner la tête des filles les plus raisonnables?

—Ah! si elle est amoureuse, je la plains de tout mon cœur : il est possible que sa mère, de même que le capitaine Mimis à mon égard, l'ait séparée de l'objet de son choix, parce qu'il n'est pas assez riche ; peut-être même parce qu'il l'est trop. Odieuse

Angleterre! Nous ne connoissons-pas ces ridicules distinctions dans l'Inde.

Une réputation intacte, de nobles sentiments, voilà tout ce que nous recherchons. Par ce moyen, il arrive journellement, que tandis que l'homme opulent & puissant partage avec la femme de mérite, mais sans fortune, les avantages attachés au rang & à l'opulence, la femme riche & distinguée par sa naissance, élève jusqu'à elle l'humble mortel dont elle distingue le mérite à travers l'obscurité qui l'enveloppe. Au reste, je saurai peut-être de Sophie elle-même, si elle aurait le malheur de partager mon sort : je la verrai avec plaisir, s'il est vrai qu'elle en puisse éprouver à me voir dans la situation où je suis. »

Marthe eut de la peine à se contenir, pour ne pas sauter de joie, d'avoir réussi dans une négociation dont elle sentoit toute l'importance. La toilette finie, elle pressa Zoraïde de passer dans son cabinet, où le Docteur l'attendoit.

═ « Ma chère, ma digne enfant, dit-
il, en allant au devant d'elle : ce trait d'humanité & d'excellent naturel aura sa récompense. Je le sens, oui je sens que
vous serez récompensée, ma fille, & que
notre bonheur commun n'est pas éloigné ».

» Ce pressentiment, répondit Zoraïde,
est sans doute l'organe de l'espérance. Hélas ! elle trompe souvent : je la prendrai
cependant pour appui, des mains chères
qui me la présentent. Je sens déjà renaître
le calme dans mon ame, & je juge de
la révolution que votre présence seule produit en moi, par le regret que j'éprouve
de vous avoir contristé. Je me repens aussi
d'avoir été trop sévère, peut-être même
un peu injuste à l'égard du capitaine Mims.
Comment se porte-t-il, que dit-il, que
fait-il ? Quoiqu'il m'ait causé bien du
chagrin, je serois fâchée de croire qu'il
en éprouve la dixième partie, pour s'être
livré à de fausses notions ».

═ « Mon fils, répondit le Docteur, a

dû souffrir, s'il est possible, plus que nous n'avons souffert, puisqu'il a été la cause involontaire de nos peines : mais, ma fille, son motif étoit si noble. . . .

——» Impossible, tendre père, impossible de faire adopter à une tête indienne ces rêveries sublimes. Me dire que j'ai pensé n'être jamais unie à l'homme de mon cœur, parce que je suis trop riche, c'est à-la-fois révolter ma raison, & me faire maudire mes richesses. Mais, puisque l'espoir renaît dans mon cœur, je le fermerai à ce dernier sentiment; & loin de maudire, j'espère que je bénirai les moyens que m'offre la Providence, de faire du bien, & de rendre justice. Le premier usage que je ferai de ses trésors qui me coûtent si cher, sera de récompenser mes dignes amis de la ferme d'Heath. Marthe, en quittant mon service, n'aura pas besoin d'en chercher ailleurs, & je rassurerai Mistrifs Léland, contre la crainte de voir l'Intendant de son Seigneur. Elle n'aura plus de rente à

payer; j'acheterai la ferme, & lui en ferai préfent. Il faudra choisir un parti for-
table pour Marthe ; je me chargerai de
la dot, & y joindrai une annuité. J'efpère
que ces petites difpositions ne feront défap-
prouvées de perfonne.

—Non, ma fille, non : tout le monde
applaudira, le Ciel lui-même y foufcrira.

· Hélas ! je m'entretiens ici de difpofitions pécuniaires, & j'ignore encore comment il plaira au Ciel de difpofer de moi-
même. Vous m'avez ramenée à l'efpérance;
mais fur quoi cette efpérance eft elle fon-
dée ? On n'entend point dire que les na-
vires expédiés pour joindre mon mari,
foient de retour. Le zèle de M. Crosby
pourroit avoir été mal fecondé.

« On ignore encore, répond't le Docteur, fi ce navire a réufli ou non : l'exprès chargé d'en apporter la nouvelle, n'a
pas encore paru ; mais voulez-vous favoir ce qu'un autre ami a fait pour vous :
voulez-vous connoître le plus fûr fondé-

ment de l'hiſtoire que je vous ai communiquée? apprenez-le de Lord Drew....

Lord Drew! Ah! vous le rappellez à mon ſouvenir. Lord Drew eſt un homme eſſentiel, rempli d'un vrai merite, capable des plus belles choſes, lorſqu'il ſe laiſſe diriger par ſa raiſon; mais ſon amour pour moi étoit extravagant, tyrannique & inſultant, puiſqu'il ſavoit que j'avois donné toutes mes affections à votre petit-fils.

Hé bien, ma fille, vous lui pardonnerez de bon cœur ſes écarts: il les réparera noblement. Sachez qu'il a frété un cutter, excellent voilier, & qu'il a chargé un Domeſtique de confiance de le monter, pour ſuivre le vaiſſeau qui nous enlève le pauvre Edmond; lui ordonnant de ne rien épargner dans l'exécution de ſa commiſſion.

—« Puiſſent la paix, la joie & la ſanté rendre ſes jours ſereins & les prolonger! je n'oublierai jamais ſa bonté, je ne manquerai jamais de le rappeller dans mon ſouvenir. »

La volubilité avec laquelle elle prononça
ces dernières paroles , le défordre qui
perça enfuite dans quelques queftions auxquelles elle n'attendoit pas de réponfe , &
qu'elle précipitoit l'une fur l'autre ; ces
fymptômes extraordinaires du trouble de
l'efprit , joints à une pâleur qui déceloient
en même-temps un dérangement phy-
fique , allarmèrent le Docteur ; il lui paroiffoit évident qu'elle précipitoit fes paroles ,
& craignoit de faire la moindre paufe ,
crainte de retomber dans fon état d'acca-
blement & de défefpoir fi elle fe livroit à
elle-même.

——Je fuis bien aife, lui dit M. Withers,
de vous voir fi bien difpofée à la converfation. Mifs Drew fera bientôt avec vous ;
les jeunes perfonnes ont à fe dire mille
chofes fur lefquelles elles ne s'ouvrent pas
auffi volontiers avec nous autres vieillards.
Allons, bon courage, ma fille ; je parie
que, fans nous en demander la permiffion,
vous viendrez au premier moment nous

viſiter à *Place Neard*; & je parie auſſi que
ma bonne femme ne vous en interdira pas
l'entrée; voyez combien je prends ſur
moi......Plaiſanterie à part, ma chère Zoraïde, j'ai reçu tant de conſolation dans
ce court entretien que je viens d'avoir avec
vous, que je me reproche preſque d'en
jouir ſeul, pendant que cette digne Miſtriſs Withers, qui vous aime tant, eſt
privée du plaiſir de vous voir. Sans reproche, ma chère enfant, le parti que vous
avez pris de vous éloigner de nous, l'a
cruellement affectée, & je ne doute pas
que vous n'ayiez égard à ſa ſituation.

Et le Capitaine Mims, dit Zoraïde,
que fait-il?

Il eſt à l'hermitage. Si vous rendez la
joie à *Place-Neard*, ſoyez ſure qu'il la
partagera. Vous l'affligez ſenſiblement.
Quant à vous, ma chère, écoutez bien,
c'eſt le medecin qui parle à préſent, ma
charmante malade; je vous ordonne de
prendre l'air, de vous diſſiper, de vivre

pour l'amour de nous, pour l'amour enfin de celui dont l'abfence vous tourmente. Si, à fon retour, il vous trouvoit pâle; changée, défaite, ce qui ne manqueroit pas d'arriver fi vous perfiftiez dans ce genre de vie; ne fembleriez-vous pas lui reprocher de vous avoir causé tous les maux qui vous auroit réduite à cet état?...

Au nom de Dieu, mon pere, ne chargez pas le tableau; ce que vous me faites entrevoir me fait déjà trembler. Voila une confidération qui m'avoit échappé. ——— Oui, Edmond, tu n'auras pas le chagrin de favoir tout ce que j'ai fouffert pour toi; je prend ai foin de ma fanté, je me fortifierai par l'efpérance de te revoir. Si cet efpoir me décevoit, s'il t'arrivoit quelqu'accident, il fera toujours temps de me livrer au défefpoir.

Le Docteur avoit eu l'art d'amener fa malade à ce point de raifon & de calme, lorfque Marthe annonça Mifs Drew. Zoraïde la reçut avec toutes les graces,

tout l'empreſſement imaginables. « Que
vous êtes bonne ! lui dit elle, vous venez
eſſayer ſur moi le pouvoir de la raiſon »
Sophie répondit des choſes ſpirituelles &
obligeantes. Le Docteur impatient d'informer ſa femme, ſon fils & M. Croſby
du ſuccès de ſa viſite, prit congé.

Il eſt intéreſſant de ſavoir comment
Lord Drew s'y étoit pris pour engager
Sophie à donner à ſa rivale une marque
d'attachement qu'on n'attend guères que
des perſonnes avec leſquelles l'on vit dans
l'intimité.

Il s'étoit tout uniment rendu chez elle
avec la chaiſe qu'il deſtinoit à la conduire.
« J'ai pris ſur moi, dit-il en l'abordant,
de vous engager à votre inſçu dans une
bonne œuvre : tout étoit en combuſtion
chez nos amis de *Place-Neard*, Zoraïde
les avoit abandonnés ; &, renfermée dans
ſa ferme, elle en défendoit l'accès à tout
être vivant. On étoit en conſultation ; il
s'agiſſoit d'employer quelqu'un qui réunît

à beaucoup de fenfibilité, le doux pouvoir de la perfuafion ; j'ai propofé ma belle coufine, comme réuniffant au plus haut degré les qualités requifes ; en un mot, je me fuis chargé de vous prier de vouloir bien faire ufage des avantages dont la nature vous a partagée, pour calmer l'ef-prit de Zoraïde, & l'engager à attendre patiemment le retour d'Edmond.....Dif-penfez-vous de me répondre, ma charmante parente : puifque j'ai pris fur moi de faire la propofition, j'étois bien fûr de l'excellence de votre cœur, je le connoif-fois formé pour la bienfaifance ; d'ailleurs, vous avez quelque chofe qui vous eft tout-à-fait particulier, qui ne fe rend que par l'expreffion vague du *je ne fais quoi*, mais dont la propriété eft de rétablir l'harmo-nie dans un efprit agité. Je parle d'après mon expérience perfonnelle ; je puis donc répondre de fon efficacité, toutes les fois que vous daignerez entreprendre de pa-reilles cures.

Ce

Ce compliment surprit & enchanta à la fois l'être sensible à qui il étoit adressé. Son émotion fut visible & remarquée, tâchant cependant de la dissimuler — « Si vous parlez sincèrement, dit-elle, en vérité, Milord, je ne me connoissois pas ces pouvoirs que vous voulez bien m'attribuer; je me croyois au contraire infiniment plus propre à augmenter qu'à dissiper tout ce qui tend à la mélancolie. Au reste, je suis charmée de saisir une occasion qui, en vous obligeant, seconde mon inclination naturelle; & si je puis être de quelque utilité à la belle Indienne, je vais me rendre à l'instant près d'elle.

CHAPITRE XXXVIII.

Chapitre très-court.

LE cutter que le domeſtique de Lord
Drew avoit loué pour ſuivre le vaiſſeau
que montoit le jeune Edmond, l'avoit
promptement atteint; mais le jeune homme
s'étant évadé, le domeſtique étoit revenu
à Plymouth au bout de quatre jours,
avec la nouvelle mortifiante de l'évaſion
d'Edmond & de la capture qui l'avoit
immédiatement ſuivie.

Lord Drew expédia ſur le champ des
exprès à St Malo, à Caen & à tous les
ports ſitués ſur le canal; mais ils revin-
rent ſans avoir pu remplir l'objet de leur
miſſion. Enfin l'on reçut à *Place-Neard*,
une lettre par laquelle Edmond informoit ſa famille, & ſes amis qu'il étoit
confiné à Breſt, & qu'on lui avoit aſſuré
qu'il n'avoit d'autre moyen de recouvrer ſa liberté que celui d'un cartel.

Lord Drew ayant eu communication de la lettre, diſparut ſans dire un ſeul mot de ſon intention, ſe fit conduire à Londres ; & ſe rendit chez le miniſtre auquel il ſe trouvoit allié ; lui repréſenta les circonſtances de cet accident avec tant d'intérêt & de force qu'il ne ſortit que le cartel en poche. Prenant ſur le champ la poſte pour Douvres, il loua un paquebot, & ſans paſſer le pas de Calais, il fit cingler directement pour Breſt. Le clair de lune favoriſant ſa traverſée, il fut en vue du Port, le lendemain ſur les deux heures du matin. Là, diſtribuant abondamment l'or & l'argent, il éluda la lenteur des formes ; & il n'étoit pas encore ſix heures, que le jeune Mimis avoit eu le plaiſir de l'embraſſer. Les mots exprimeroient foiblement les tranſports de ſa reconnoiſſance. Ayant pris quelques rafraîchiſſemens & fait expédier les paſſeports néceſſaires, ils regagnèrent le port. Le paquebot mit ſur le champ à la voile,

& le vent favorifant leur paffage, ils arrivèrent à Douvres où, excédés de fatigue, ils furent obligés de prendre quelques heures de repos; mais avant des'y livrer, ils expédierent une lettre par la pofte pour informer la famille de leur arrivée: précaution qui anticipa de deux jours la joie univerfelle.

Ces deux jours furent confacrés à la folemnité que les accidens furvenus dans la famille avoient fufpendu. Le Capitaine Mims & le docteur Withers firent célébrer dans l'églife de *Place-Neard* les obsèques de la famille de Zoraïde ; on y creufa un caveau, dans lequel furent dépofées les cendres contenues dans l'urne, & les reftes de l'enfant dont il a été parlé. Tous les Habitans du lieu, & ceux des Villages circonvoifins, affiftèrent à cette cérémonie funèbre. L'urne étoit pofée fur une bière ordinaire, portée par huit Vieillards ; le cercueil de l'enfant l'étoit par quatre jeunes filles. M. Crosby officiot,

& paroiſſoit pour la première fois dans des habits d'eccléſiaſtique.

Zoraïde, Miſtriſs Withers & Sophie jouiſſoient du coup d'œil de la proceſſion, du haut d'un balcon. Quel concours de peuple, s'écria Zoraïde ! jeunes & vieux, tous s'empreſſent ! Combien ſe ſouviendra-t-on long-temps dans ce Village, de cette ſcène ſingulière.. Hélas ! les bonnes gens, ils ont auſſi des larmes à verſer, pour exprimer ce qu'ils ſentent.

L'hiſtoire de l'enfant paſſoit de bouche en bouche ; c'étoit à qui la raconteroit le premier à ceux qui, ſe trouvant à quelque diſtance, n'avoient pas encore lu l'inſcription gravée ſur ſa tombe. Que de choſes à dire ſur cette inſcription ! Elle étoit conçue ainſi :

A la mémoire d'une famille, auſſi digne qu'in-fortunée, d'extraction angloiſe, qui, ſur les bords du Gange, fut immolée à la rapine d'une bande de Brigands, & dont les reſtes ont

H iij

été religieusement importés dans leur pays na-
tal, pour la consolation du seul enfant qui ait
échappé au massacre , & pour faire passer à la
dernière postérité le souvenir de ses vertus.

La cérémonie étoit à peine finie, M.
Crosby, le docteur Withers, & le capitaine
Mims venoient de rejoindre les Dames,
lorsqu'on annonça Mistriss Drew & Létitia , arrivées à la-fois par le desir d'assister
à la pompe funèbre , & de complimenter
la famille sur le retour prochain d'Edmond. Au moment que l'on prononçoit
son nom, il parut lui-même, conduit en
triomphe par Lord Drew. Ici un même
sentiment produisit une impression si générale & si uniforme , que l'assemblée parut
quelque temps frappée du pouvoir de quelqu'enchantement, lorsque la petite Létitia,
courant à Lord Drew, & prenant une de
ses mains dans les siennes , l'accabla de
mille innocentes caresses.... « Ah, dit-
elle , je vous tiens, petit cousin, vous ne

m'échapperez plus : quand vous voudrez courir le monde, vous conduirez votre cousine Létitia avec vous ; mais il vaut mieux rester parmi nous, cousin, vous nous l'aviez promis ; cet espoir seul nous soutenoit. Tout le temps de votre absence, maman a pleuré, Sophie a soupiré, & moi je n'ai fait que parler de vous nuit & jour.

Tandis que la charmante enfant exhaloit ainsi sa petite ame aimante, Lord Drew avoit les yeux fixés sur Sophie : il ne revenoit pas de son aveuglement. Comment, se disoit-il, n'ai-je pas été frappé plutôt de tant de charmes ? De toutes les femmes que j'aie jamais vues, la seule Zoraïde m'a paru la plus belle ; encore la partialité a-t-elle dû entrer pour beaucoup dans le jugement que j'en porte ; & très-certainement Sophie l'emporte sur Zoraïde, pour la douceur du caractère.

Létitia remarquant que Lord Drew avoit sans cesse les yeux tournés sur sa sœur, lui demanda finement à l'oreille, si c'étoit la

H iv

première fois de fa vie, qu'il s'appercevoit
que Sophie étoit belle?

Pourquoi cette queſtion, petite eſpiègle?

Oh! rien, repondit l'enfant; c'eſt que
vous la regardez des mêmes yeux dont vous
devoriez Zoraïde, que tout le monde
convient être belle.

Hé bien, couſine, puiſque vous faites
cette remarque, dites-moi ce que vous pen-
ſez de votre découverte : ſeriez-vous fâchée de me voir admirer votre ſœur?

Oh non : j'en ſauterois de joie! alors je
vous appellerois petit frère, ce qui eſt encore plus familier que petit couſin, & je
jouerois avec vous plus à mon aiſe, au
moins quatre heures de plus par jour. Vous
ne ſauriez croire comme cela vous guériroit
des vapeurs, & de cette habitude de ſou-
pirer, qui impatiente les gens qui vivent
avec vous, & qui ſavent que vous avez tout
à vos ordres.

Hé bien, petite couſine, ſuppoſons que
je ſuis amoureux de Sophie. Hé bien,

petit coufin , ne vous ai-je pas dit que je ferois bien aife de vous appeller mon frère.

La charmante petite fœur que j'aurois !... Ecoutez, Létitia, moi je vous dis à l'oreille, entendez-vous, que j'ai grande envie de vous rendre bien aife.....*motus.*

Oh ! je fuis fecrète.

CHAPITRE XXXIX.

Réfolution d'un Lord.

QUELQUES jours après, Zoraïde engagea Sophie à paffer dans fon cabinet
pour voir quelques bijoux qu'elle avoit
fait monter à Londres, & qu'elle venoit
de recevoir. Ayant remarqué que Mifs
Drew, louant en général le bon gout de
chaque pièce, admiroit plus particulièrement une paire de boucles d'oreilles de
brillants, elle la pria de l'accepter, pour
faire partie de fes parures le jour de fes
nôces, lorfqu'elle feroit le bonheur de
quelque digne mortel par le don de fa
main.

Ces paroles ayant tranfpiré, & étant
parvenues à l'oreille de Lord Drew, ce
feigneur, fans s'ouvrir à qui que ce fût,
s'arrangea de manière à être informé du
jour où la famille Drew, & les autres amis
de M. & Miftrifs Withers s'affembleroient

à *Place-Neard*. Il n'attendit pas long-
temps : ayant reçu lui-même un billet
d'invitation qui l'informoit que toute la
société s'assembleroit le lendemain, il s'y
rendit le dernier; & voyant qu'il ne man-
quoit aucune des personnes dont il desiroit
la présence, après les civilités générales
& particulières, portant la parole à toute
l'assemblée, il dit :

« Mesdames & Messieurs, mon attachement pour l'une des Dames qui m'é-
coutent a été si public, que je ne puis trop
publiquement vous prier d'intercéder pour
moi auprès de ma charmante cousine;
ma reconnoissance sera sans bornes si, col-
lectivement ou séparément, vous obtenez
pour moi de cette chère parente la simple
permission de lui rendre mes devoirs : elle
connoît mes fautes; elle sait que j'ai vécu
dans la dissipation, que j'ai joué dans ce
village le rôle d'un insensé; que pour mériter les bonnes graces d'une femme délicate & sensible, j'ai fait toutes les extra-

H vj.

vagances qui devoient décider une femme de son mérite à me craindre & à me fuir. Mais j'ose protester que je suis absolument changé; que l'hommage que je rends à ma chère parente est pur, & que mon jugement, muri par l'expérience, ne m'égarera plus sur la route du bonheur que vous me voyez prendre.————Ma chère, ma digne tante, (adressant la parole à Mistriss Drew) daignerez vous honorer de votre approbation la demande publique que j'ose vous faire de l'un de vos trésors. Je me borne pour le moment à demander la permission de commencer mes épreuves: je n'aspire à la main de l'aimable Sophie, que lorsque vous croirez que ma conduite m'en aura rendu digne ».

O Milord, dit Mistriss Drew, versant des larmes de joie, je vous dispense d'épreuves; votre conduite généreuse effaceroit à l'instant même tout ce que vous croiriez pouvoir reprocher à votre jeunesse, si j'étois aussi rigide que vous l'êtes sur

votre compte, mais je ne vous ai jamais
vu vous écarter des sentiers de l'honneur
& je connois l'indulgence due à votre âge,
sur-tout à votre naissance : il y a plus, je
vous regarde comme ayant atteint une
maturité précoce. C'est donc avec plaisir
que je reconnois publiquement que vous
comblez les vœux d'une mère tendre, dont
la plus haute ambition ne pouvoit être
que de procurer à une fille chérie un établissement si honorable.....Au reste, je me
trompe fort, Milord, si je suis ici la seule
que vous rendiez heureuse, & crois pouvoir prendre sur moi de vous assurer, que
Sophie ne recevra pas avec répugnance
l'ordre que je lui donne, pour la forme,
de se rendre digne de vous.....

Oh! petit frère, petit frère, que je vous
embrasse petit frère!.......Voyez comme je
suis discrète. Je savois tout & je n'ai rien
dit, & je riois sous cape d'entendre Sophie
soupirer; je savois que cela ne dureroit
pas, que les vapeurs passeroient, mais je

ne lui en ai dit mot; n'eft-ce pas, Sophie.... ?
Allons donc, une fois dans la vie, ma-
fœur, foyez franche & ouverte, n'affectez
pas la langueur quand votre cœur pétille
de joie. Vous n'y gagnerez rien, Sophie,
je dirai tout à Milord. Oui, coufin........
Oui, petit frère, veux-je dire, je vous
donne ma parole qu'elle eft auffi aife que
moi......Allons, Sophie, faites-nous bonne
mine; venez, donnez-moi la main que je
la place dans celle de Milord......

Eh mais, finirez-vous petite étourdie,
dit Miftrifs Drew, vous devenez infup-
portable: Oh! Milord, comme vous la
gâtez! En vérité, je devrois m'en prendre
au petit frère des fottifes de la petite fille.

Hé bien! voyez ce que c'eft que d'être
difcrète, répliqua Létitia; on me gronde
comme fi j'avois parlé, & voilà cinq grands
jours que je fais tout & que je n'ai rien dit.
N'étoit-il pas temps, enfin, quand la
chofe étoit publique, que je me foulageaffe
un peu de mon filence? Et puis qu'eft-ce

donc que j'ai dit de mal-à-propos? J'ai dit
que je savois que Sophie étoit auffi aife
que moi; eh bien! fi elle veut dire la vérité, elle dira la même chofe; mais re-
gardez-la, elle n'ouvrira pas la bouche
pour me faire dépit......

⸺« Ma douce amie, dit le Docteur
Withers, votre fœur en dit plus que vous
ne penfez ; rien de fi expreffif que fon
filence. »⸺« Le beau moment! s'écria
Miftrifs Withers, nous voilà tous unis. Le
fecond choix de Milord le dédommage
de l'infortune du premier. Que le Ciel foit
béni. La foirée de mes jours fera fereine.
Déjà heureufe dans mes enfans, je le fuis
doublement dans mes amis.

Tandis que Miftrifs Withers fixoit l'attention de l'affemblée, Miftrifs Drew
s'étoit approchée doucement de Lord
Drew & de Sophie, & avoit uni leurs
mains, comme à la dérobée; de forte que
perfonne ne s'en fût apperçu fans Létitia
qui, courant comme une folle vers Lord

Drew, en criant : « Ah ! pour le coup vous êtes mon frère, embraſſez-moi. Allons, maman, point de rancune, il faut que je vous embraſſe......Et vous, Milady, (parlant à Sophie). permettez-moi de baiſer le bas de votre robe. Sophie l'embraſſa en riant ; & la petite écervelée, faiſant le tour de la ſalle avec la rapidité de l'éclair, embraſſa ſucceſſivement tout le monde. Réſervant Zoraïde pour la dernière, elle lui dit : vous, je vous embraſſerai deux fois, une fois pour moi, une fois pour ma ſœur.

Un inſtant de ſilence ayant ſuccédé à ces tranſports de joie, le jeune Edmond en profita, pour ſoumettre une autre propoſition au jugement de l'aſſemblée.

— « Mon excellente grand'maman, dit-il, a obſervé que notre joie étoit complette, & que nous étions tous unis : me permettra t-elle de lui faire remarquer que cependant il manque encore un point eſſentiel à notre ſatisfaction commune, à ma féli-

cité particulière. ——J'avois toujours ef-
péré, mon père, (parlant au capitaine
Mims), que Miftrifs Quimbrook confir-
meroit mon bonheur, en affurant le vôtre
par le don de fa main. . . .

Au nom de Miftrifs Quinbrook, M.
Crosby devint pâle comme la mort : le
capitaine Mims & Miftrifs Quimbrook
s'en aperçurent en même temps.

—— » Eft-il poffible, dit Miftrifs Quinbrook, qu'une femme de mon âge, de ma
figure, qu'une femme qui n'a rien pour
elle qu'un caractère gai, foit réfervée au
chagrin de voir deux hommes qu'elle eftime,
fe préfenter comme rivaux, prêts à fe dif-
puter le don de cette belle main ! La dif-
pute ne fera pas longue, Meffieurs. Puifque tout eft public ici, je vous déclare
publiquement que vous eftimant, vous
aimant l'un & l'autre, je n'épouferai ni
l'un ni l'autre ; & vous voudrez bien que
la plus tendre amitié continue d'être à jamais le lien qui nous unit. Soyez certains

que celle que vous appellez votre belle
amie, quelquefois votre belle veuve, belle
ou laide, mourra veuve ».

— » Je fens, dit M. Crosby, combien
mon ame eft étroite, par le plaifir inex-
preffif que me caufe votre déclaration ».

— » Et moi, dit le capitaine Mims,
je fuis affez franc, pour convenir que je
préfère une exclufion commune, à la
crainte dont je ferois faifi, fi notre amie fe
déterminoit à choifir l'un de nous : j'atten-
drai donc Mifs Létitia, fi elle me promet
de m'accepter pour mari, dans dix ou
douze ans.

— » Savez-vous ce que je vous confeille
d'attendre, répondit Létitia ? C'eft qu'il me
prenne envie d'époufer mon grand'papa.
Si cette fantaifie ne me vient pas, il ne
faudra plus fonger à moi, car je fon-
gerai fûrement à quelqu'un qui reffemble à mon petit frère Lord Drew.

Avant de fe féparer, l'on convint que
l'on fe raffembleroit le lendemain à la

ferme , dans l'appartement de Zoraïde ,
pour s'occuper des objets fuivants : Pre-
mièrement, le capitaine Mims defira rendre
compte de fon dépôt, & s'en décharger,
en préfence des parents & amis de fa pupille & belle-fille. En fecond lieu , il obferva que ce moment lui paroiffoit le plus
propre à faifir , pour dégager la parole que
Zoraïde lui avoit donnée , de lui conter,
en préfence des amis communs , l'hiftoire
de fa naiffance & de fes infortunes.

CHAPITRE XL.

CONCLUSION.

MONSIEUR & Miftrifs Withers, le
Capitaine Mims, le Docteur Crosby, Miftrifs Quinbrook, Lord Drew, Miftrifs
Drew, Sophie & Letitia Drew s'étant raffemblés chez Zoraïde, devenue Miftrifs
Mims; par conféquent, chez Edmond
Mims: l'Affemblée ainfi formée d'onze
parents & amis, Edmond pria fa chère
Zoraïde, de ne pas différer plus long-
temps un récit, auquel il prenoit perfonnellement un intérêt fi vif: elle le commença, en ces termes:

— « Mon père étoit un gentilhomme
anglois, occupant un pofte éminent au
fervice de la Compagnie des Indes. Le
fort des armes le conduifit prifonnier au
camp du Mogol. Là, les grâces de fa
perfonne, fa réputation militaire, l'excel-

lence de son jugement & de son cœur, lui gagnèrent la bienveillance d'un des premiers personnages de la Cour, qui, à la fin de la campagne, l'emmena chez lui, lui donna la liberté, & le pria de vouloir bien se charger de l'éducation de son fils, alors enfant de cinq à six ans.

Mon père se fût estimé parfaitement heureux dans cette situation, si l'amour fraternel n'eût troublé sa tranquillité : il avoit laissé ses sœurs à Calcutta, dans des circonstances où il n'avoit été pris aucun parti décidé, relativement à leur établissement. L'une d'elles étoit sur le point d'épouser un Officier, l'un de ses camarades ; mais le mariage n'était pas fait lorsqu'ils étoient entrés l'un & l'autre en campagne : or mon père ignorant le sort qu'auroit pu avoir son ami dans la malheureuse affaire qui lui avoit coûté la liberté à lui même, ne pouvoit qu'être extrêmement inquiet sur celui de sa sœur.

Le Seigneur, qui l'avoit accueilli &

rendu libre , enchanté de fa conduite ,
plaça infenfiblement en lui tant de confiance, qu'elle devint fans bornes, & qu'il
le confulta fur les fujets les plus impor-
tans. Il fe plaifoit à le queftionner fur la
politique, les mœurs & la religion des
Européens. Mon père lui peignoit fon pays
natal comme l'objet des bienfaits & des
complaifances du Ciel; & le Dieu qu'on
y adore, comme le feul être digne du
culte des humains.

Son protecteur l'écoutoit avec plaifir,
& fentoit quelquefois fon ame s'ouvrir à
la conviction : il le combloit des préfents
les plus précieux. Enfin , au bout de quelque temps , ayant fuffifamment éprouvé
fa probité, fon intégrité & fon zèle, il lui
dit un jour, qu'il avoit une fille en qui il
chériffoit l'affemblage de toutes les qualités du corps, de l'efprit & du cœur; qu'il
defiroit qu'il voulût bien fe charger auffi
de cette partie de fon éducation qui a
rapport aux connoiffances utiles & agréa-

bles. L'enfant fut préfenté en conféquence dès le lendemain même à mon père, qui, dès le premier moment, conçut pour elle l'intérêt le plus vif. A mefure qu'elle avançoit en âge, les agrémens de l'efprit & de la figure fe développoient : modefte, élégante, douce, fenfible, elle étoit tout ce qui eft aimable, tout ce qui eft touchant; il étoit impoffible de la voir un inftant avec indifférence. A quelle épreuve ne devoit pas être mis mon père, qui la voyoit à toute heure, qui connoiffoit fon ame auffi bien que fa figure! Il prit cependant fur lui d'étouffer, finon fes fentimens, du moins jufqu'aux moindres fymptômes qui euffent pu les trahir. La jeune perfonne, moins exercée à la diffimulation, ne fut capable du même effort qu'au péril de fa vie; elle s'abandonna à la langueur, au point que fon père, remarquant dans l'altération de fes traits les progrès d'une paffion combattue, mais rendue plus vive par le combat même, ne put fe méprendre au genre ni

à la cause de son mal. J'ai eu tort, se dit-
il, dans ma vaine sagesse, j'ai sacrifié la
paix, peut-être l'existence de cette chere
enfant, au desir de l'instruire. Qu'a-t-elle
appris ? La leçon de la nature ! Insensé que
j'étois, ne devois-je pas prévoir que les
mêmes graces qui m'ont enchanté, pro-
duiroient un effet dix fois plus actif sur
l'inexpérience de la jeunesse !

Il appella mon père à un entretien secret,
& lui dit : « Innocent ou coupable, vous
vous êtes mis dans le cas où la loi de notre
Prophête m'autorise à vous donner la
mort ; je vous ai trop aimé pour prendre
un parti qui répugne aux sentimens que je
vous conserve. Il m'en reste un autre que
je crois être le seul : j'ai une maison de
campagne, que je visite rarement, quoiqu'il n'existe peut-être pas dans la nature
entière une plus délicieuse retraite ; allez
vous y établir ; & pour me punir de mon
imprudence, emmenez ma fille avec vous ;
vous l'épouserez conformément aux rites
des

des Chrétiens. Si je meurs, quittez fur-le-champ l'Indoftan ; & que fon frère, votre élève, accompagne fa fuite & la vôtre; puiffe la Providence difpenfer fur vous fes bénédictions en proportion de ce que vous ferez fidèle à remplir les vœux que forme un père tendre pour le bonheur de fes enfans ».

Mon père & ma mère avoient paffé trois ans dans cette belle retraite, lorfqu'une fièvre aiguë les priva de leur vénérable père. Il laiffa une fortune immenfe, mais il y avoit d'autres enfans pour la partager. Cependant mon père, prévoyant un événement qui ne pouvoit être éloigné, felon le cours de la nature, avoit profité des bontés du fien, & faifi toutes les occafions favorables de tranfporter & de mettre à couvert des tréfors confidérables.

Il choifit pour la réfidence de fa famille, ce *bois de palmiers*, où le capitaine Mims a été témoin de fa funefte cataftrophe : il quitta en conféquence la campagne déli-

Tome III.   I

cieule qu'il ne pouvo't plus habiter ; & descendant le Gange fur une felouque, il forma fon établiffement près de ce bois, où je m'éto's enfoncée lorfque je fus découverte par mon gén reux libérateur : je naquis quelque temps après.

Ma mère & mon jeune frère avoient embraffé le Chriftianifme. Lorfque mon père eut donné une confiftance fuffifante à fon établiffement, il fit toutes les recherches que l'amour fraternel peut fuggérer pour découvrir fes fœurs. L'une étoit perdue pour lui, mais on ignoroit la nature de fa mort ; & il étoit probable que, fuyant avec fon mari, elle avoit péri de famine avec lui. L'autre vint au bois des Palmiers, & fut une acquifition précieufe pour la famille.....

Ciel ! s'écria M. Crofby, en interrompánt Zoraïde, feroit-ce l'affreufe hiftoire de mon frère & de mes fœurs que vous nous raconteriez !......Je frémis.....Tout me dit que........Mais continuez, Madame, fi vous trouvez un oncle en moi, cet oncle vous fera horreur.

———— « J'eſpère, Monſieur, reprit Zoraïde, que vous n'avez pas eu part au maſſacre de ma famille. Je me rappelle que mon père nous entretenoit fréquemment de ſa chère Angleterre ; & que ma mère, qui ne deſiroit que de le voir parfaitement heureux, lui propoſoit ſouvent d'y retourner ; il paroiſſoit quelquefois décidé à le faire, ne fût-ce, diſoit-il, que pour mettre en ſûreté la fortune de ſes enfans, peut-être expoſée dans ces contrées ſauvages à la cupidité des brigands. Heureux preſſentimens ! que ne parliez-vous plus impérieuſement ; que ne déterminiez-vous mon malheureux père à revoir ſa patrie, une famille entière eût été ſauvée ! Mais je ne ſais quel autre ſentiment parloit plus haut en lui ; & toutes les fois qu'il paroiſſoit indécis ou même ébranlé en faveur du voyage, il finiſſoit toujours par s'écrier : « Non, je ne puis reparoître en Angle-

terre ».———Arrêtez , nièce cruelle , dit
M. Crofby, vous me donnez la mort......
O ! quand je vous ai dit que vous m'auriez
en horreur ! Apprenez, nièce infortunée,
que c'eſt moi qui ai formé l'obſtacle qui
empêchoit votre père de chercher un aſyle
dans le ſein de ſa patrie.....O ! ma bonne
Miſtriſs Withers, ne vous-rappellez-vous
pas que je vous dis un jour, que votre
Zoraïde étoit le portrait vivant de mon
frère ! »

Le nom de mon père étoit *Charles* , dit
Zoraïde.———Le nom de mon frère étoit
Charles , répondit M. Crofby. Celui de
ma tante étoit *Félicia* , reprit Zoraïde, &
celle des ſœurs qui étoit morte s'appelloit
Eliſabeth......

Eliſabeth & *Félicia* étoient mes ſœurs,
s'écria M. Crofby, levant les mains au
Ciel, & donnant les marques les plus allar-
mantes du plus ſombre déſeſpoir...... O !
Milord ! que de crimes accumulés !.....Je
frémis d'embraſſer la fille d'un frère dont

j'ai caufé la perte.....Cependant fi la péni-
tence, fi les prières.....Hélas! ce feront des
moyens de pardon de la part du Ciel;
mais je ne me pardonnerai jamais.

Mais obferva Zoraïde, effrayée & attendrie à la fois, votre nom de famille n'eft
pas le nôtre......

........Vous vous trompez, répondit
M. Crofby, rien ne peut me fouftraire à
l'horreur qui m'environne. J'ai changé de
nom, & celui qui m'appartient eft fûrement celui de votre père.

Deacon, s'écria Zoraïde.——Oui, mon
nom eft *Déacon*. Zoraïde tomba évanouie
entre les bras de fon époux; M. Crofby
difparut & fut s'enfermer dans fon hermitage, d'où il fut impoffible de le tirer pendant plufieurs jours.

Il eft facile de fe repréfenter la confter-
nation de toute l'affemblée: elle alloit fe
féparer, lorfque le capitaine Mims lui
rappella que ce jour avoit été choifi pour
le décharger publiquement de fon dépôt.

On apporta en conféquence les coffres
contenant les tréfors que le jeune homme
mourant avoit indiqués, lors de la cataftrophe, & que le capitaine Mims avoit
fait mettre à bord de fon vaiffeau. On en
fit l'ouverture; & fi, dans de pareils mo-
ments, l'éclat des richeffes eût eu quelque
pouvoir fur des cœurs en proie à tant de
fenfations diverfes, ce fpectacle eût été
fingulièrement agréable, capable même de
fournir des jouiffances inconnues à la cupidité la plus immodérée; mais l'inftant
étoit mal choifi, & ce riche étalage ne
fit aucune fenfation; ce qui en produifit
un peu, fut une lettre, que l'on trouva au
fond d'un coffre fort. Elle étoit du père
de Zoraïde, à fon frère Deacon (M.
Crosby), remplie d'expreffions touchantes d'affection fraternelle. Il l'invitoit à fe
répentir, à réparer fes fautes, & à rejoindre fa famille; on y remarquoit entr'autres
ce paffage : « Ni mes fœurs ni moi, mon
cher frère, n'avons jamais eu le malheur

de penfer que vos égaremens procédaffent d'un vice du cœur. Vous avez cédé à l'impulfion funefte d'un moment de défespoir. Ce font de ces fautes que les hommes doivent pardonner, puifque le répentir, les larmes, & fur tout la pratique du bien en effacent les traces des régiftres de l'Éternel ».——Au refte, difoit cet excellent frère, en terminant la lettre, fi vous nous furvivez, tenez lieu de père à nos enfans, chériffez-les; car ils font élevés dans les fentiers de la vertu, & ils vous feront honneur ».

Cette lettre, que l'on fe hâta de porter à M. Crosby, produifit un effet falutaire, en fubftituant de douces larmes aux acclamations du défefpoir. Zoraïde le ramena infenfiblement au point de fe réconcilier avec lui même; & ce ne fut que bien des années après qu'il mourut, l'on pourroit dire faintement, dans les bras de fés enfants, car c'eft ainfi qu'il nommoit fa nièce & fon neveu Edmond. Miftrifs Withers régénérée, par le hafard qui lui rendit fon fils, vécut long-temps heureufe, & l'ex-cellent Docteur ne ceffa d'exifter, que lorf-qu'il l'eut perdue; il ne lui furvécut que de quelques jours. Le capitaine Mims mourut auffi dans un âge très-avancé ; en forte que la fociété de Place-Neard fubfifta long-temps dans fon entier. Edmond & Zoraïde, plus jeunes, cont'nuèrent leur réfidence dans ce Village, qu'ils avoient rendu ce-lèbre, & leurs enfans y vivent encore. Jamais famille ne fut plus profpère.

Fin du troifième & dernier Tome.

www.ingramcontent.com/pod-product-compliance
Lightning Source LLC
Chambersburg PA
CBHW051830020726
47502CB00005B/1709